本色文丛·柳鸣九 主编

母亲的针线活

——何西来散文随笔精选

何西来／著

海天出版社（中国·深圳）

图书在版编目（CIP）数据

母亲的针线活：何西来散文随笔精选 / 何西来著；柳鸣九主编.
—深圳：海天出版社，2014.8
（本色文丛）
ISBN 978-7-5507-1060-3

Ⅰ.①母… Ⅱ.①何… ②柳… Ⅲ.①散文集－中国－当代
Ⅳ.①I267

中国版本图书馆CIP数据核字（2014）第079427号

母 亲 的 针 线 活
MUQINDEZHENXIANHUO

深圳出版发行集团
海 天 出 版 社

出 品 人	陈新亮
责任编辑	林星海　梁　萍
责任技编	蔡梅琴
装帧设计	深圳斯迈德设计 Smart 0755-83144228

出版发行	海天出版社
地　　址	深圳市彩田南路海天大厦（518033）
网　　址	www.htph.com.cn
订购电话	0755-83460293（批发）0755-83460397（邮购）
印　　刷	深圳市华信图文印务有限公司
开　　本	787mm×1092mm　1/32
印　　张	8
字　　数	122千
版　　次	2014年8月第1版
印　　次	2014年8月第1次
定　　价	28.00元

　　何西来，原名何文轩，著名文学批评家。1938年生于陕西临潼，1958年毕业于西北大学中文系，1963年毕业于中国人民大学文艺理论研究班，同年调入中国社会科学院文学研究所。历任助理研究员、副研究员、研究员，社科院文学研究所副所长和《文学评论》主编，研究生院文学系主任，学术委员等。现为中国作家协会会员，陕西省社科院特聘研究员，多所大学兼职及客座教授。

　　主要著作有《新时期文学思潮论》《探寻者的心踪》《文艺大趋势》《文学的理性和良知》《文格与人格》《绝活的魅力》《艺文六品》《纪实之美》等。

总序一

深圳市海天出版社似乎颇有点"散文随笔情结",前几年,他们请季羡林先生主编了一套"当代中国散文八大家"丛书,效果甚好。于是,他们再接再厉,又策划出新的书系"世界散文八大家"。可惜此时季老先生已经仙逝,他们只好退而求其次,请柳某出面张罗。此"世界散文八大家",召集实不易,漂洋过海,总算陆续抵岸。接着,海天出版社又策划了一套新的文丛,以现今健在的著名文化人的散文随笔为内容。大概是因为柳某与海天出版社有过愉快的合作,自己也常写点散文随笔,又身居"人杰地灵"的北京,便于"以文会友",于是,他们又要柳某出面张罗。这便是这套书系产生的来由。

什么是散文随笔?前几年,一位被尊为大师的权威人士曾斩钉截铁地谓之为"写身边琐事"。我曾努力去领悟其要义,但就自己有限的文化见识,总觉得这个定义似乎不大靠谱。就"身边"而言,散文随笔的确多写与自己有关的人或事,但远离自己的人与事入文而成经典散文者实不胜枚举;就"琐事"而言,散文随笔写人写事的确讲究具体而入微,见微知著,以小见大。但以经国大业、社稷宏观、高妙艺文、深奥哲理为内容的名篇也常见于史册。不难看出，对于散文随笔而言，"题材不是问题"，任何事物皆可入散文，凡心智所能触及的范围与对象，无一不可成就散文也。故此，窃以为个人心智倒是散文的核心成分。

那么，究竟何谓散文呢？散文的基本要素究竟是什么呢？如果用定义式的语言来说，散文就是自我心智以比较坦直的方式呈现于一定文学形式中，而自我心智者，或为较隽永深刻的自我知性，或为较深切真挚的自我感情。说白了，如果是思想见解，当非人云亦云，而多少要有点独特性，多少要有点嚼头与回味；如果是情感心绪，那就必须是真实的、自然的、本色的、率性的，而要少一些矫饰，少一些虚假，少一些夸张。是的，尽可能少一些，如果不能完全杜绝的话。诗歌中常有的那种提升的、强化的、扩大的感情似乎不宜入散文，还是让它得其所哉，待在诗歌里吧。

至于"一定的语言文学形式"，不外意味着两点，一是非韵文的，这是散文有别于诗歌的最明显的标志；二是要有一定的修饰技巧，一定的艺术化，这则是散文随笔不同于公文告示、法律条文、科普说明以及各种"大白话"的重要标志。

这便是我所理解的散文随笔。我在自己的学术专业之外也经常写一些散文随笔，就是按照自己以上的理解来"炮制"的。今天，我被委以主编重任，也是按照自己以上的理解来操作的，至于我在自己的散文随笔中是否完全实践了自己的理念，是否达到自己的理念，在这次主编工作中是否有不合理、不入情的要求与安排，那就很难说了。呜呼，知与行的脱节与矛盾，人的永恒悲剧也。

出版社在策划这个书系的时候，规定约稿对象为当今的文化名家。当今的文化名家种类何其多也：有在荧屏上煽情与讲道的主持人，有靠摆pose与哭功而大富特富的影视大腕，有靠搞笑与搞怪出位的演艺奇才……人人都在写散文随笔，这大有成为当今散文随笔的主旋律之势。但按我个人的理解，这里所讲的文化名家不外是两种人，即具有作家文笔的著名学者与具有学者底蕴的著名作家，这两者的所长正是我对何为散文理解中所谓的"心智"这一大成分。

由于我自己的圈子所限，第一辑的约稿对象全是上述的第一种人，即具有作家文笔的著名学者，而且基本上都是弄西学的学者或游学国外多年的学者，多散发出一点"洋味"的人。

学者写散文似乎有点"不务正业"，有点越界，侵入了文学家地盘。但对于学者来说，特别是对人文学者来说，却完全是性之所致，是一种必然。他本来就有人文关怀、人文视角、人文感情，这种心智状态、心智功能，一触及世间万物，就莫不碰撞出火花。只要有一点舞文弄墨的兴趣、冲动与技能，自然而然就会产生出有点意思的散文随笔了。虽说舞文弄墨也是一种专门技能，需要培养与操练，但对于弄西学的人文学者来说，整天在世界文库里打滚，耳濡目染，这点技能是可以无师自通的。况且，人文学者于散文创作更有自己的优势，毕竟，他的知性是向全人类精神文化领域敞开的，他的目光是向全世界各种事物投射的。其散文随笔的题材，自是更为丰富多样，投射观察的目光自是更为开阔高远。而得益于世界各种精神文化的滋养，其可调配的颜色自是更为丰富多彩：说不定，也许我们这个时代有意思的散文随笔正是出自学者笔下呢，学者散文实不容当代文学史家忽视也……

所以，我有理由相信，这一套"本色文丛"多多少少会给文化读者带来一点不一样的感觉。

柳鸣九

2012年5月于北京

总序二

　　"本色文丛"的缘起，我已经在前序中做了说明。只不过，在受托张罗此事的当时，我只把它当作一笔"一次性的小额订单"：仅此一辑，八种书而已，并无任何后续的念头与扩展膨胀的规划。于是，就近在本学界里找了几位对散文随笔写作颇感兴趣、颇有积累的友人，组成了文丛第一辑共八种。出版后不久，我正沉浸在终结了一项劳务后的愉悦感之际，海天社出我意料之外地又提出了新的要求：要柳某把"本色文丛"继续搞下去，而且不排除"做到一定规模"的可能……看来，我最初的感觉没有错：海天社确有散文情结，不是系于一般散文的"情结"，而是系于"文化散文"的情结。而且，也不仅仅于此一点点"情结"，而是一种意愿，一种志趣，一种谋划，一种努力的方向，一种执着的决断。

　　果然，最近我从海天社那里得到确认，他们要在深圳这块物质财富生产的宝地上，营造出更多的郁郁葱葱的人文绿意，这是海天社近年来特别致力的目标。

　　在物欲横流、急功近利、浮躁成性、人文精神滑落、正能量价值观有时也不免被侧目而视的社会环境中，在低俗文化、恶俗文化、恶搞文化、各种色调的（纯白的、大红色的、金黄色的）作秀文化大行于道、满天飞舞的时尚中，在书店一片倒闭声中，有一家出版社以人文文化积累为目的，颇愿下大力气，从推出"世界散文八大家"丛书再进而打造一套"本色文丛"，这种见识、这份执着、这份勇气是格外令人瞩目的。

海天出版社要的文化散文，不言而喻，即文化人的精神文化产品。关于文化人，我在前序中有过这样的理解：主要是指有作家文笔的学者与有学者底蕴的作家。如果说"本色文丛"第一辑的作者，基本上是前一种人，第二辑则基本上都是第二种人。这样，"本色文丛"总算齐备了文化散文的两种基本的作者类型，有了自己的两个主要的基石，形成了一个初步的平台。

不论这两种类别的人有哪些差别，但都是以关注社会的人文状况与人文课题为业。其不同于以经济民生、科技工艺、权谋为政、运营操作为业者，也不同于穿着文化彩色衣装而在时尚娱乐潮流中的弄潮者，也可以说，这两种人甚至是以关注人文状况与人文课题为生，以靠充当"精神苦役"（巴尔扎克语）出卖气力为生，即俗称的"爬格子者"。他们远离社会权位和财富利益的持有与分配，其存在状态中也较少地掺和着权谋与物质利益的杂质，因而其对社会、人生、人文，对自我、对人生价值也就可能有更为广泛，更为深刻，更为真挚的认知、感受与思考。

在时下这个物质功利主义张扬、人文精神滑落的时代环境中，且提供一些真实的，不掺杂土与沙子的人文感受、人文思考，为我们这个时代留下一份份真情实感的记录，留下一段段心灵原本感受的再现，留下一幅幅人文人生的掠影，这便是"本色文丛"所希望做到的。

柳鸣九

2014年1月于北京

自　序

　　住在对面楼上的柳鸣九先生，正在主编一套"本色文丛"，邀我加盟，也选一本自己的散文随笔，供他收入。为了让我能有一个参照，他从已出的若干种里特意拿出我的老友刘再复的《岁月几缕丝》送我。

　　"觇文辄见其心"。读了其中的真诚文字，仿佛又见到了远在海外的老友，听他披肝沥胆的自由谈吐。他的文章，正如他的为人，呈现的永远是本色，不设防，无矫饰。我想，柳先生之所以选再复的这一本给我看，除了再复是我的老友，且相知甚深外，大约还有以其为"本色文丛""形象代表"的意思。

　　于是，我在老伴的帮助下，收集资料，订正纰误，编排次序，然后打印成章，便有了这一小集。

　　今年是我的母亲辞世西归九周年的日子，也是她老人家九十五周年诞辰。为了纪念她，我在前不久写了《母亲的针线活》一文。我把它编在这本集子的首编，并以此文的篇名名书。

　　母亲的一生，是一位农家妇女苦累、刚强、本色的一生。她养育了我们七个儿女，深针密缝的针线活，展现的是她作为母亲的本色。她是这个世界上最早教育了我，对我影响最深的人。我一向像她做针线活那样，认真地、坦诚地写我的文章，崇真尚实，示人以本色。

　　谨以此本色之书，奉献给母亲在天之灵。

2013年3月9日于六砚斋

母亲的针线活

辑一　亲情师恩

母亲的针线活

说良心话，谁都觉得自己的母亲是天底下最伟大的母亲，我也一样。是她给了我生命，用乳汁养育了我，教我牙牙学语，要我学好，盼我成人，一辈子为我操心，直到她去世。

我们兄弟姐妹七人，我是老大，下面还有四个妹妹和两个弟弟。一个儿女一条心。我们都是从小穿着母亲纺的线、织的布、做的衣裳，长大的。

自我记事起，陆续有了下面的弟妹，印象最深的，就是母亲一年到头，总是在纺线。白天要到田里干农活，晚上不管多累，她都要在昏暗的棉籽油灯下纺线。我小时候瞌睡多，总是在她纺车嗡嗡嗡的有特殊节奏和停顿的声音中睡去，有时一觉醒来撒尿，看到她还在嗡嗡嗡地纺着，至于她什么时候睡，我与弟妹们都很少知道。早晨鸡叫，母亲便又起床，开始新一天的劳作，一般都是做好了早饭才喊我们起来："快起来吃饭，日头都晒到沟蛋子上了，还赖在炕上！"我们便一个个从被窝里爬起来。冬天早晨冷，母亲也不一定非要我们马上下炕，而是把就着灶火烧熟的红苕或烤得焦黄的苞谷面馍，递到我们手里，让我们穿好棉袄，裹好被子，坐在炕上吃。睡了一夜，肚子早饿得咕咕叫了，吃起来那个香啊，让我终生难忘。但母亲很少跟我们一起先打这个尖。至于吃饭，母亲也总是等儿女们和父亲都吃得差不多了，才端碗。

大田里的庄稼活母亲也都能像男人一样干，锄草、割麦、务棉花，她都是一把好手。锄草入麦秸，是用巧劲儿的细活，只有像爷爷那样庄稼人里的老把式，才玩得转，不像往下压锄刀，有蛮劲就干得了。但母亲会，她是妯娌七人中，唯一拿得起锄草入麦秸活路的人。连爷爷都挑不出什么毛病，常常满意地称赞："莲如有本事！"莲如的名字，是爷爷在母亲进何家以后给起的。母亲在娘家，在她的舅家，都只有小名。何家的规矩，媳妇进门，都是阿公赐名。爷爷有文化，能念古文，所以媳妇们的名字，都起得有讲究。比如，大伯母叫莲珍，三婶叫莲凤，四婶叫凤珍，五婶叫凤仙，六婶叫婉珍，七婶叫凤娴。

务棉花，母亲堪称把式。就能达到的水平来说，并不比当时渭南双五乡出名的种棉能手、全国劳模张秋香差多少。下种、锄草、打药、间苗、脱裤腿、打杈、打尖儿，样样出行。我放暑假回家学务棉花，都是跟母亲学的。三伏天气，大田里热得像蒸笼似的，汗流不止，我们小娃们都可以和男人一样，光脊梁干，母亲却只能穿着粗布衫子，即使半袖，也热得不行，很快便汗湿透了。记得每到伏天，母亲脖子下面领口周围，密密麻麻的湿疹就没有断过。

下雨天，累得不行的父亲，一般都是蒙头大睡，但母亲却歇不下。她不是摇起纺车纺线，就是纳鞋底，纳裤底，做针线活，缝补衣服。我们全家九口人的衣着，都要靠母亲：种棉花，拾棉花，择棉花，送出去弹了，搓成捻子，纺了线，在自家的木机子上织成布，染了，晾干，捶平，先是按我们每个人的高低体形，剪裁好，然后，一针针一线线地缝给我们穿。家里没有缝纫机，我们一家人夏天的单衣，春秋的夹衣，冬天的棉衣，全由母亲手工做。母亲动手剪裁做的衣服，样子好合身。无论是我们上何村、王堎村，还是后来先后移住过的吴家村、张家寨，都知道母亲的针线活好。乡里乡亲们，常有人拿了布来，请母亲剪出样子，他们好拿回去自己缝。

慈母手中线

我小时候很淘气，好动，一天到晚跑个不停。我们那里又是远古泥石流堆起的石头滩，所以我穿鞋特别费。新鞋穿不了几天便破得没门户了。先是鞋底脚后跟的地方磨出左右各一个大洞，接着前脚掌心的地方，也左右各磨出一个大洞，鞋底都变成了眼镜。再后来，两个脚上的大拇指头便争先恐后地从鞋帮子前面各顶破一个小洞，越顶洞就越大，等到母亲说："看你匪得两个大舅都跑出来了！"我就知道要换新鞋了。果然，她就拿出刚纳好的鞋，先是让我把烂得没眉眼的旧鞋扔掉，打一盆清水，给我把土脚洗干净，擦了，再为我换上新鞋。她要我站在她面前，看着我穿了新鞋的脚，左端详，右端详，最后满意地笑着说："美着呢！新鞋，顾惜着穿，甭太匪气了！"提醒归提醒，匪气却改不了，照旧每月穿烂一双鞋。

母亲给我做鞋，从来不量我的脚。她说，鞋样每年加一个韭叶就行了。不知这"一个韭叶"的经验，是从我的脚上总结出来的，还是从所有儿女脚上总结出来的，反正我穿的母亲做的那么多双鞋，既没有夹过脚，也没有大得脚在鞋里打晃荡。

母亲给全家做鞋，八九双脚，各是各的鞋，大小肥瘦，各不相同，哪双鞋是谁的，从来没有互相穿错过。夏天的鞋是单鞋，冬天的棉鞋，家乡人叫"窝窝"。全家人穿的"窝窝"，早在阴历"十月一送寒衣"的节气到来之前，母亲就给收拾好了。无论是冬天一季的"窝窝"，还是其他三季的单鞋，母亲都是先准备好破旧得不能再穿的衣物，拆洗干净（叫做"铺衬"），夏天天热时，打好糨糊，一层一层将铺衬布按一定的厚度，贴在门板上，等晾干了，揭下来，叫做袼褙，便是做鞋的主料了。糊袼褙不是技巧活，但要细心和耐心，把一块块碎布片对严实，不留空隙，又必须平整。即使这种谁都能干的"粗活"，母亲也比别人干得出色。

用袼褙剪出鞋底和鞋帮，然后包上白色和黑色的布在鞋底和鞋帮上，白底黑鞋面。纳鞋底是很费事的，手劲小的人，要用夹板夹了鞋底，先用锥子锥了眼儿，再穿针引线，一锥一针地纳过去。母亲手劲大，从来不用夹板，也不用锥子，就那么用中指上戴的顶针顶着大针直接纳，反倒比用夹板和锥子快得多。遇到过于瓷实的底子——比如为我收实的鞋底——她便不时把针在头发上蹭一下，让针上沾点头油，针尖好进布。当然也偶尔有因用力过猛，而纳折了针的事，只好重换一根再纳。纳鞋底不像纺线，离不了纺车，所以下田干活、赶集、走亲戚，母亲常带着鞋底，抽空便可以纳几针。母亲纳鞋底，力气大，用力匀称，纳出来的鞋底，针线致密、平整。

家道稍稍宽裕的人家，做好鞋底鞋帮后，都要送到鞋匠那里去绱，揎出样子再拿回来穿。我们家弟妹多，日子过得紧巴，一年几十双鞋，都送出去绱，怎么花销得起？所以，我从来不记得母亲把任何一双鞋送出去绱过，都是她自己绱，自己揎。绱鞋是巧活，难度很大，绱得七扭八歪，不但看起来不体面，穿上去脚也受罪。这也是有些人家虽然并不宽裕，也宁愿花钱让鞋匠绱鞋的原因。母亲绱鞋，不比哪怕是最有本事的鞋匠差，每双新鞋绱好，揎出，都特有模有样。

我11岁离开家乡，到西安去上中学，只有寒暑假才回到家中。稍后，我们大妹也到西安去念书了。供一个孩子在西安上学，已经很吃力了，供两个，家里便负担更重了。尽管我们兄妹二人每月都有一点助学金，我是每月40斤小米的钱，平时也很节俭，但是仍然非常困难。入社以前，父亲甚至卖过一亩田地；入社以后，一切归了公，地也不能卖了。家里还有一大帮嗷嗷待哺的弟妹，生计的艰难是可想而知的。一连三年过年，家里一两肉都没买过。然而，我和大妹上学都需要补贴，只能靠我们的母亲。里里外外，她都是我们那个穷家的擎天大柱。

母亲的针线活，在我们附近几个村四邻八舍的乡亲中是出了名的。因为我和大妹上学，特别是开学的零用钱没有着落，找亲戚朋友借，人家也不宽裕，再说欠人的旧账还没还清，再借也张不开口；信用社里，我家早已债台高筑，一分钱都借不出来了。于是母亲便主动揽一些针线活来做，收那么一点少得可怜的针线钱。五冬六夏，黑不当黑，明不当明，母亲的针线筐箩里，放的多是别人家的活儿。就是这样，才让我和大妹不至于在寒暑假结束时空着手去学校。

男孩子，穿衣服费，每次离家，母亲都要为我把要带的衣裤鞋袜准备停当，但多是在临走的前一两天，因为一直都在为那点学费忙别人家的事。在我的记忆里，每次离家上学的先一天夜里，母亲总是就着昏暗的棉籽油灯的灯光（后来，棉籽油作了食用油，便是就着煤油灯的同样昏暗的灯光），为我缝新衣，或者补旧裤。这时，同样坐在炕头上看着母亲做针线的父亲，就会非常深情地拉长了声，吟诵孟郊那首著名的《游子吟》：

慈母手中线，游子身上衣。
临行密密缝，意恐迟迟归。
谁言寸草心，报得三春晖。

如今，父亲已经故世36年，母亲辞世也已8年有余了，但那盏昏灯残焰里，母亲为我缝补衣服的记忆，依然时不时地浮现在我的梦里，萦绕在我的心头。

那一棒槌差点儿把我打成了残废

我母亲生性刚强，率直，一是一，二是二，爱就爱，恨就恨，从不绕着弯子说话，一辈子都把儿女看得比自己更重，为儿女操尽了心。

但我幼时淘气，常常闯祸惹乱子，有时人家会找上门来告状。母亲是很爱面子的人，脸上挂不住，便会严厉地责罚我。遇到这样的尴尬，爷爷最多是把脸一恧，骂一句"鬼子孙，一点也不尊贵"，父亲稍严厉些，说我"朽木不可雕也"，但只罚跪，从来不动手打，最重也就是罚跪时头顶上顶一块砖头。母亲性子烈，只要有人告状，而我又完全不占理，她就不仅会责骂我瞎（坏）得没门户了，不学好，不争气，白豆皮，没血，是南山的核桃——得砸着吃，是三天不打，上房揭瓦！而且只要抓得着，就会打我一顿。她打我，一般是用巴掌，也偶尔用笤帚骨嘟，只打沟子（屁股），从不打头，打脸，打身上别的地方。

但她真正能够打着我的机会并不多。我会看脸色，只要见她脸色稍变，我就立马像脱网的狡兔，撒开丫子跑掉。我有两个逃向，一个是逃到后院通偏院地窖方向的土门。开土门的那段墙，一头是土门，另一头是两院隔墙与地窖天井矮护墙之间留出的通道。只要逃到这土门，就可以与那头的通道形成转圈的空间。母亲追到土门，我就躲到通道；她追到通道，我又绕到土门。在这种猫捉老鼠的游戏样的追缉小逃犯中，母亲从来都不是胜利者。有时追几圈，追不上，她会恨恨地说："这回饶了你，可我给你记着呢！下次再犯，就摞起来算账！"这时候我就知道她的气消了大半。也有时候，追着追着，她也会无奈地笑起来："嗯！我把你这个没血的白豆皮，什么时候才能成个人……"

我的另一个脱逃方向是我的老太那里。老太是我爷爷的母亲，即我的曾祖母。爷爷是出了名的大孝子，我奶奶那么大年纪了，走亲戚熬娘家，出门和返回，都要到老太那里磕头告假和磕头禀报。所以我只要逃到老太那里，扯住她的衣襟流着眼泪大喊："老太，老太，我妈要打娃呢，你快管管！"我就一千个，一万个没事了，安全了。老太从来是偏刃斧头——只朝一面剁，不管你有理没理，理都在她的重孙子这边，她都会护着。记得有一回，我差半步，就会被母亲抓住，就一路哭喊着逃进老屋的二门，老太便从她住的南房快走出来，把我往身后一揽，训斥道："看把你得能的，打娃打到我这里来了！有话好好给娃说嘛，不能动不动就没轻没重的上手，万一打出个三长两短来，我看你咋给何家的先人交代！"母亲不仅没有打成我，反倒遭老祖宗一通抢白，气得一屁股坐在二门外的土地上，委屈地哭起来。看孙媳妇这样，老太也就罢了。回头拍拍我说："我娃甭害怕，有老太呢！不过你也要少淘气才行，看把你妈哭得恓惶的。"回头又对她的孙媳妇说："不就是为了让娃学好嘛，你看娃多乖，还尽管哭个啥？快起来回去吧！"母亲也只好悻悻然离开了。

既然有两条逃跑的通道，所以母亲拿住小逃犯责打的几率，也就微乎其微了。

记得有一次，是夏天，母亲忽然叫我，说半截裤做好了，要我去先试一试，看合适不合适。我们那里把短裤或裤头都叫"半截裤"。我试新裤子心切，也没来得及细看母亲的脸色，更没细看那条短裤到底做好了没有。其实那裤子并没有全做好，针线还在上面。

裤腿穿了不到一半，母亲便把我翻过来压到炕边上，拿起旁边的袜板，打我屁股。一边打一边数落："我叫你再淘气，再不听话，这几天我都给你记着呢！你就是白豆皮，没血……"我知道，这是中了母亲的计，她要算一回总账了。穿不到一半的裤子，正好像脚镣一样捆住了我的腿脚，动弹不得，更不要说那两条脱逃的路了。便只好杀猪样夸张着惨叫："哎哟，妈呀，疼死我了，我再也不敢了……"其实，母亲下手并不重，比学堂先生打木板轻多了，充其量打红了屁股。一听我没命地哭喊，她也怕爷爷奶奶听到来训斥她，既然我记住了，回了话，也就罢了。

然而大约是我7岁那年，母亲确实失手，把我打重了。

为了过年节，母亲给我做了一件新大氅，给大妹做了一件长棉袍。我那件大氅，里子是一个冬天她纺纱、染线，然后分出经纬，在机子上嘭哒嘭哒织出来的新花格子布，面子是特意从县上京货铺花钱扯的黑洋布，又絮了当年的新棉花。她怕自己做的样子不时髦，还特意带了我到县里南十家李文轩的裁缝铺让人家量身做的。这件里面三新的大氅，特别是那种我从未穿过的细洋布面，确实让我的那个年过得挺风光。母亲领着我和穿桃红棉袍的妹妹出门走亲戚，人家看着这颜色对比分明的衣着，又是很灵性，很齐整的一对儿女，都夸母亲有本事。她也感到自豪，觉得自己的苦累值！

我特别喜欢那件大氅，穿上身就不肯脱。就那么一直穿到正月十五，是元宵灯节了。那年的元宵灯节，是在立春以后，接连下了几天的雪。我们家乡的风俗，从正月十一开始，到元宵灯节的当天，一连五个夜晚，大人都要给年龄不满12岁的娃们点各式各样的灯笼，打着到外面去玩。那是让我特别开心的时候，不比大年三十晚上迎神敬祖的放爆竹差。

院子里泥泞而且湿滑，但并没有影响我的兴致。我仍然穿着大氅，打了灯笼出了屋子，出了院子门，和同族的一伙同样打灯笼的小娃们疯跑，疯玩。雨雪大了，邻家娃们都打着灯笼各回各家了。我也和叔伯弟妹们回到我们的院子里。但余兴未尽，我们仍在雨雪中的院子里打着灯笼嬉闹，疯跑。

我好像听到母亲喊我回屋，说是穿新大氅一点也不知道顾惜，都成泥猴了，还猖狂！我真是鬼迷心窍，全没把母亲的喝禁当回事，继续疯玩，疯跑。

母亲气急了，操起槌布石旁边的棒槌，追过来就朝我屁股上打，不想我正乱跑着，一下打在了我的后腰上。我感到一阵剧疼，惨叫着，当下就跌倒在泥水中爬不起来了。

我的惨叫惊动了爷爷，他跑过来，剥下泥湿的大氅，抱起我就走。我自记事起，就是跟爷爷奶奶一起睡的，睡在奶奶边上，抱着爷爷的脚。这天晚上，也像往常一样，爷爷给我脱了衣服，把我放在他脚边的炕头睡了。好像还对奶奶说了我母亲的不是，说那个莲如不知轻重，竟然敢用棒槌打娃！娃儿，吓唬吓唬，改了就是了，她还真忍心下势打，万一伤筋动骨，打成残废，我看她咋交代！我因为痛，后来又睡着了，没听清他们还说了些什么。

第二天早晨，爷爷奶奶原以为我睡一晚上就没事了，谁知确实打得重了，居然痛得起不来了。这下子爷爷真的气得不行，说莲如简直像个姚婆子（我们家乡人，称继母为"姚婆子"，也叫"姚罐罐"），心真狠，把他们何家的宝贝长孙打成这样，他怎么也不会依，并且说，娃如果有个三长两短，他就和我外爷（外公）安定朝没完！爷爷甚至声称，他立马要去找安定朝理论，问安定朝，难道你就是这样管教你女儿为人之母吗？听爷爷的口气，好像母亲真的犯了什么"七出"之罪，非得逐出何家门去。

母亲听到爷爷的斥骂，真的吓坏了。流着眼泪给爷爷奶奶认错，回话，说她以后再也不敢这样打娃了。说她原想打沟子，没想到会打在腰上，而且这样重。爷爷见她认了错，便从我们夏天睡觉的前窑拿出他的黑磁酒氽子，往桌上一擎，说道："赶快拿去，把酒烧烫给娃好好把伤处擦洗擦洗，让内伤发散出来，再看看，要真的伤筋动骨就麻烦了！"

母亲赶紧抱了我，手里提了酒氽子，回到她、父亲以及妹妹住的房子。把酒倒进碗里，用火纸点着，仔细为我擦洗腰上的肿处。每次给我烫酒洗伤，她都会边流泪边说，尽管我不听话，弄脏了新大氅，她也不该用棒槌打我！那时，我觉得母亲很可怜。

毕竟我是她的亲儿，是她身上掉下的肉，打成这样，她心里能不难过吗？她一向坚信"棒头上出孝子"的古训，说是给娃好心，不能给娃好脸！然而，自那次打得我在炕上躺了足有十来天之后，她就再也没有操家伙打过我，哪怕是笤帚骨嘟，也不用了。

红裤腰带和红裤头上的爱儿之心

我第一次系红裤腰带是12周岁那一年。头年，一放寒假，我从西安返回家中，母亲她就说："明年是你的本命年，得给你织条红裤带系上！"

我的裤带，从来都是母亲织的，用几股棉线合了，染成蓝、红、黑各种颜色，以白的经线为主，配出各种花纹来。织的时候，母亲盘腿坐在那里，把经线抻在两个膝盖上的大腿中间，然后用缠了不同颜色纬线的长约两寸笔杆粗细的几个小筒子，交换着纺织出有花纹的裤带。这种纺织的裤带，宽约七八分，不到一寸，两头留出各一寸左右作为穗子。那年月，庄稼人只要家里有会做活的女人，多数都系这种裤带，极少有人系皮带，那是"文明人"和粮子（当兵的）的事。当然，裤带上织出的花纹，也有高下之分，从中一眼就能看出织带人的手艺和巧拙来。我的裤带常被人拽住夸奖：

"哟，你妈的手真巧！"或者赞叹："你妈可真有本事！"
"摊上这样的好妈，可真是你娃的造化！"这种时候，我就
会非常得意。

一条本命年的红裤带，母亲如果靠住织不停，一天也就
出来了。但要过年了，家里事情多，只能抽空儿。所以直到
年三十的晚上，母亲才织好。

母亲很要强，无论日子过得怎样艰难，她都要拼死拼活
给她的儿女们每人准备一套大年初一穿的新衣新鞋。在我的
记忆里，除夕之夜，她从来都没有脱衣睡过，熬通宵。她
说："讲究的就是熬财伯，得熬个透透的。"我们碎娃，熬
不住，不到半夜，就早眼皮打架，一个个睡了过去。等到被
熬了通宵的母亲叫醒，让我们穿上她刚才赶完，定上最后一
个纽子，或最后一根鞋带的新衣、新鞋。母亲虽然熬红了眼
睛，满脸倦容，但那多少带了自豪的笑意，还是漾了出来。

她亲自给我穿上新缝出的大裆棉裤，打了前摺，在白布
腰上为我系好本命年的红裤带。端详一阵，满意地说："美
着呢，拴紧，系牢，保我娃平安！"

这条本命年的红裤带，经线、纬线，都以红色为主，红
线中，上下各有一条黑线，作为镶边，边外边内都是红经
线，两条黑边之间，则有白色和黑色的小图案点缀着，非常

好看，也喜庆。

24岁，我已在北京读研究生了。寒假回家过年，仍然是母亲给我织了红裤带，不仅如此，还特意准备了几条换着穿的红裤头。36岁那年，正在"文革"中，家里遇到大麻烦。父亲几年前曾被当成"反革命"，弟妹的亲事也吹了，全靠母亲艰难地撑持着风雨飘摇中的家，她竟忘了为我准备红裤带、红裤头。到了这个本命年快结束时的腊月二十六上午10点，赛乒乓球时，我眼前一黑，仰面朝天跌倒，后脑勺重重地摔到了水泥地上，八九个小时后才醒过来。医院诊断为严重脑挫裂伤，脊髓都变红了，右枕骨缝开裂。多亏当时血压不高，否则早没命了。母亲到后来非常歉疚地自责说：都怪她糊涂了，没有给儿准备红裤带和红裤头。准备了，就不会有这场灾绊。

所以，到了48岁和60岁的本命年，母亲都早早给我准备了红裤头，让我除夕夜放在身边，大年初一有得换。至于红裤腰带，已经由我的女儿，她老人家的孙女操心了，买的是红皮带。母亲听了很高兴，给我说："你孝顺，娃也孝顺。"并且说，"何家门里，辈辈出孝子！"女儿扩而大之，不仅买了红裤带，而且买了红袜子和红秋衣，从上到下，一身红。

只是我年龄稍大以后，有点发福，腹部比以前大了，母亲吃不太准，裤头穿上去，立裆稍稍显短那么一点点。我过后偶然在电话中提到此事，母亲便记住了，要我回西安时别忘了带着，她只需在腰上接一截就行了。但我每次回去探望她老人家，总是行色匆匆，忘记了带。

每次母亲为我准备的红裤头都不止一条。本命年当然会穿，过了本命年也常拿出来换着穿。换上这红裤头，就会想到母亲为我付出的辛劳，就会想到母亲一针针一线线为儿缝补衣裳，送儿远行的情景。

母亲晚年最大的愿望是想看看大海。正好，2002年我应邀在青岛中国海洋大学讲学，学校给的是单元公寓，我便让二妹陪了母亲来住一段。学校就在海边，公寓房的南窗正好面海。那些日子，母亲非常高兴，每天早晨都和妹妹去海边散步，看潮起潮落，月落日出，听拍岸的涛声和鸥鸟的鸣叫。

我和母亲在青岛海滨

那年正好赶上母亲的本命年，她用红布给自己缝制了两条裤带，换着用。我呢，因为是母亲的本命年，也为她而把本命年时她为我做的红裤头拿出来穿，祈求她老人家长寿平安。

来青岛时，母亲特意带了针线和花镜，说一定要给我把红裤头的裤腰接上，到了下一个本命年好穿。

那天，她把我换下的红裤头洗净，晾干，准备接上裤腰。没有现成的红布，她便把自己的一条红裤带拆洗了，正好够给我接裤腰。我上课回来，看她正坐在南窗下的椅子里，戴着眼镜，专心致志地为我接缝红裤头。她显得那么慈祥，那么安谧，衬着暖暖的秋阳，仿佛有一团圣洁的光。

母亲最后的针线活

我悄悄地拿出相机，留驻了这个永恒的瞬间。奇怪的是那个胶卷，其他30多张色彩都不行，唯独这一张，异常鲜亮，特别是那条正在缝补中的红裤头。

没有过几天，青岛突遇寒潮南下，母亲重度脑梗，一年零十个月后，病逝于故乡临潼家中，享年87岁。那一年，我67岁。

如今，母亲已过世整整8年了，我仍保存着她拆了自己的红裤带为儿接成的本命年红裤头。我一直在想，母亲是用自己的命，接长了儿的命。

我得替母亲好好活着，以慰她在天之灵。

（2012年12月14日于六砚斋）

我的启蒙先生

我的启蒙，在整整半个世纪以前。

爷爷说：得把"小土匪"圈起来

虽说我还有半年多才满五周岁，但已经淘气得不行了。稍微管不紧，便会闯祸，出乱子：不是偷偷从靠在院墙边的梯子爬上房，把瓦踏得一塌糊涂，下雨便漏；就是把什么东西扔到三丈多深的井里听响声，害得大人下去捞，井水一两天不能吃。有一次，竟以为能用刚从纺车上揪下的单股细纱，绑住大黄狗的爪子和嘴，谁知被狗咬穿了嘴唇，满脸是血，半个月才好。还有一次，用小手去挡碾盘上碾米的碌碡，被轧得血肉模糊，吊起带子，当了好几个月的"伤兵"。还好，总算没落下终身残疾。

为了这淘气，我没有少挨妈的打；她也没少生气、少操心、少流眼泪。常常是边打边数落："三天不打，上房揭瓦！""南山的核桃——非得砸着吃！"挨打的时候，我会哭着回话："妈，我再不敢了！"但转过身，眼泪还没干，就又忘得无影无踪，因而屡犯屡打，屡打屡犯。

我是长孙，跟爷爷奶奶睡。爷爷不喜欢我淘气，说是"淘得沸反盈天，家宅六神都不得安宁！"，但也很不赞成我妈打我，特别是当着他老人家的面打我，以为折了面子，会严厉训斥儿媳："看把你能的，越说越来了，还轮不到你在我这儿打娃！"

遇到我淘气，"犯事"，爷爷气恼时最多骂一句："鬼子孙，不知长进的货！"有时不说话，拉长了面孔，狠狠地瞪着我，从喉咙深处哼出一声，很是威严，我也怕。只是该淘气时，照样淘，改不了。

自然，为了让我少淘气，爷爷没有少费心。那办法，就是找来一本启蒙诗集教我。这是他的爷爷专门为他启蒙而编的，亲自选，亲自抄，字体工整、朴拙。我只是跟着念口歌，很快便会背，却并不用心认字，也不会讲解。爷爷也不要求这些，因为他本来就讲不明白那些诗，只能让我囫囵吞枣。就这样，每天一首诗，不觉已能背诵几十首了。但是我并没有因此而不淘气或少淘气，还是常常弄坏了东西，或者弄伤了自己，还是"家宅六神不得安宁"。

爷爷终于宣布："我看得把咱们这个小土匪圈起来了。过了年就送他去学堂，交给坐馆的阎先生管教。"

三叔带我给阎先生鞠躬

这年的新年，似乎比往年过得都要快，还没有玩过瘾，玩开心，却早过了正月十五。灯笼一收，爷爷便让三叔带我去学堂见先生。

三叔在四川广元做生意，回来过年，这几天也快走了。爷爷让他带我去，是因为他在外多年，见识广，会讲话，而且比在家下苦的大伯父有文化。妈为我换了一件干净衣服，穿上新鞋，我便跟着身穿长袍、走路很潇洒的三叔出了门。

学堂在村西的庙里。离村子不远，紧靠着我们家的八分石榴园。庙门朝南，前面是铁炉、马额一带乡下人去临潼县城的大路。庙宇虽历经修缮，仍然显得很破旧。进门是一个不小的院子，有半亩地以上，是学生上操和下课后玩的地方。东墙下有一南北向的小殿，原是晚于正殿修建的奉祀关帝的殿堂。后来，用土坯封严了神龛，垒了锅灶，盘了炕，就变成坐馆先生饮食起居、批改作业、备课读书、接待客人的多用房间了。

三叔带我来到这里。问过好以后，阎先生很客气地把我们让进屋里。三叔开门见山地说："给您带来个学生，是我二哥的男娃，何家的长孙。别看人小，淘气得要命。家父让我把他交给您严加管教，他不听话，不好好念书，您只管处罚，责打，不必姑息。"说完，转向我，"还不快给先生鞠躬。"

我深深地朝阎先生鞠了九十度的躬。

阎先生是新派先生，三叔又是从外面回来的，所以免了磕头的进学拜师礼，好像也没有向至圣先师的牌位磕头。

阎先生用手轻轻摸了一下我的头，端详了几秒钟，说："我看这是个很聪明的孩子。"现在想起来，当然知道阎先生说的不过是一句极平常的客气话，是讲给三叔听的，并不是真的看出来我是什么千里驹之类，也不是为了逗我高兴。但当时却让我受宠若惊，感到像吃了糖、喝了蜜一样愉快。一是称我为"孩子"，觉得既新奇，又好玩。因为我们那里的乡下人只说"娃"，分性别，则说"娃子娃"，"娃子"，"男娃"，或"女子娃"，"女子"，"女娃"，没有叫孩子的。二是说我"聪明"，而且"很"。聪明不就是我们乡下人说的"灵性"的意思吗？但只有我的外婆，哄我，给我"戴高帽"的时候才说："我娃真灵性！"此外，爷爷，奶奶，妈，所有的人，都只说我"淘气"、"匪气"、"瞎（坏）"、"皮"，是"小土匪"、"磨镰水"、"白豆皮"、"灾怪"等等，谁也不说我灵性，更不要说"很聪明"了。

三叔还和阎先生寒暄了些什么，我都没有听清。最后，只听到阎先生说："那就这两天让孩子来上学吧！"三叔又让我给先生鞠了躬，我们便告辞回家。

路上，我问三叔："爷爷教我的诗上说，'七岁孩童子，当今入学初。要知今古事，须读五车书。'我还差好几年才到七岁，为什么要急着去上学？"三叔说："谁让你那么匪？成天爬高上低，惹乱子，让人操心，不交给先生，家里谁管得了你？再说，五车书是很多的，早上学才能念得完。"

当时，我对上学是既感到新奇，又很有几分恐惧的。妈在家里打我，已经疼得要死，还说是管不了，不知道阎先生怎么管法？肯定会打得更疼，更要命。到时候，想跑到爷爷奶奶那里寻求保护，也不可能了。越想越没底，很是发愁。

阎先生的戒尺兼作"尿牌子"用

几天后，我便背着书包去上学了。

乡下学堂是无所谓开学典礼的，学生一到齐，就上课。

教室在三间正殿里。这里本是一座娘娘庙，正殿里供着几位女神，乡下人祈求保佑，消灾免祸，求生贵子，常到这里许愿、还愿，据说还很是灵验，因而香火极盛。后来因为战乱，烧掉了一座偏殿，从此断了香火。改为学堂以后，把这里很俊的女神的塑像，都搬到了殿外的后檐下，又平了神龛和祭台，便是唯一的教室了。但四周墙上的壁画，大部分还依稀可辨，唯西墙中间用青灰抹了一块边缘并不整齐的黑板，是先生讲课的地方。前面有一张教桌，摆着粉笔之类。学生们用的课桌和板凳，是各人从家里拿来的，因而长的长，方的方，高低大小都不一样，显得很零乱。

我当时并不关心讲什么课，做什么作业，写什么字等等。我最关心的是：先生凶不凶，打人疼不疼。

阎先生名字叫志钦，是他第一天上课时给我们介绍的。他是新丰阎崖底人，约有三十出头年纪，很瘦，很高，像大烟鬼一样，显得特单薄。他给人留下很深印象的是额上的抬头纹、清癯的面庞和细长得出奇的脖子，还有那个像桃核一样凸起的喉结，讲起话来，便上上下下地动。从长相看，是说不上凶恶的，但也很难说一定很和善。

渐渐的我知道了，他打学生其实是蛮凶狠的。他有一把戒尺，宽约一寸半，长约一尺半，厚约二三分，可能是红椿木或枣木一类坚韧的木料做的。上面写着"专惩顽劣"四个大字。你没有完成作业，字写得狗爬一样潦草，考试不及格，偷了东西，打架，骂人，调皮，捣蛋，总之，只要阎先生认为属于"顽劣"行径，就都在可惩之列。我看到那些被他划入"顽劣"类的大同学、小同学，可怜巴巴、瑟瑟缩缩地伸出手来被打的情景，每次都吓得心直跳，好像自己的手也一阵阵发麻、发烧，痛得不行。"顽劣"们在挨打的当时，并不怎么看自己的手，而是不住地看阎先生的脸。事后才会盯着、抚着多半是红肿的手掌流眼泪。也有不流眼泪，满不在乎的，我们族中的九叔就是这样。他年龄大些，被叫做"牛黄"。

遇到阎先生盛怒时，同样一把戒尺，那分量和打法可大不相同。只见他瞪圆了冒火的双眼，板子举起时是平的，但落下时，牙一咬，却是立着的了。这简直不是打，而是凶狠地劈和剁了。响声虽说没有平打下来大，分量却要加重十倍，会疼得失去知觉：先是一道白印子，接着便立时肿起一道充血的梁来。挨这样一顿"立板"，总有上十天握不拢拳头，提不了笔，拿不住筷子。"牛黄"九叔便是经常触上"立板"霉头的倒霉鬼。

阎先生也有惩非"顽劣"的时候，从而与他写在戒尺上的堂皇原则不合。比如有一次，一个下何村的学生丢了墨盒，急得直哭。他找阎先生报了案，却一时指不出是谁偷的；其他同学既没人出来自首，也没人出来举发。阎先生下令搜了所有同学的口袋和书包，还是毫无结果。于是他铁青着可怕的瘦长脸，让大家排起队来，每人各打五个手板。这叫"排学"。虽说不用"立板"，打得也不重，却是一种不论对错，不分良莠，"糊涂官断案，有理没理各打五十大板"的罚及无辜的糊涂办法。最后轮到打我时，看他举起了板子，我便把两手往两条大腿中间一夹，一骨碌滚到桌子底下，大声哭着，就是不肯出来。阎先生不知是因为觉得我太小，还是顿生怜悯之心，或者觉得自己的做法确实不无过分，终于没有打，饶过了。但在我之前，连丢墨盒的人也没有逃过那五板子。我当时很为这件事庆幸。

阎先生并不把令人生畏的戒尺随身带着，而是在一头钻了小眼儿，穿了细绳，挂在黑板外侧的墙上。它还被派了另一种特殊用场。

学堂的茅房不在院内，而在西墙外。上茅房要从大门出去，绕到侧面才行。每次只能一个人去，去时必须提着挂在墙上的戒尺作为凭证。回来再传给下一个要去的人。因此我们都叫它"尿牌子"。阎先生拿戒尺同时作尿牌子用，显然是有用意的。你拿了这种"专惩顽劣"的尿牌子上茅房，随时都会提心吊胆，也随时在被提醒着，因而无论拉屎撒尿，都会速战速决，结上裤子就回来，谁也不敢多玩。没有尿牌子，就是尿到裤子里，也不许擅出校门的。否则会作为"顽劣"对待，那可就不是闹着玩的了。

火蛋儿惹出的风波

学堂的教室，门不严实，没有天棚，窗户上糊的纸又常捅破，所以冬天是很冷的。学生娃们一个个冻得清涕直流。阎先生讲课的声音本来不算小，但也常常盖不过那一阵阵大合唱似的吸鼻子的声音。到了滴水成冰的三九天，就更冷，砚台上墨盒里加了酒，也还是冻得无法研墨、濡笔、写字。

阎先生的那间由关帝专用小殿改成的起居室，有烧火炕，不很冷；隆冬时还会生一盆木炭火，那就更暖和了。但即使大雪天他来上课，也决不肯把木炭火盆端到教室来，与娃们共享。

然而，娃们自然也有娃们的办法。他们中午回家吃饭，或早晨上学时，会在路上顺便捡一些柴，有时还会直接从家里拿些尚好的硬柴，那就更耐烧。当然，这些事多半是大点的娃们干的。虽然学堂外面，往西、往南，弥望都是荒滩，收拾柴草并不难，但我那时还不怎么会；从家里拿，又怕大人看见打骂，因而只能沾大娃们的光。

在教室里生火取暖，是很惬意的事。早晨上课之前，先到的娃们拿了柴，先点着火。一时浓烟四起，呛得人直流清涕眼泪，咳嗽不止。但大家还是围上去，吹的吹，拨的拨，很快火便烧旺了。火苗跳得很高，发出噼噼啪啪的欢快的响声，伴着娃们同样欢快的笑声。倘有硬柴加进去，烟焰熄了，还会留下成堆像烧红的木炭那样的火蛋儿，不过稍小些罢了。它们红得耀眼，温热不减，直到化为白色的灰烬，才最后熄灭。一般说，到阎先生上课时，最多还剩下一堆将尽未尽的火蛋儿，但教室里的寒气，却早已驱走了不少，所以他从不干涉娃们生火，采取的是一种听之任之的随和态度。如果他有事出去了，孩子们便成了没王的蜂，吵吵嚷嚷，极有可能把火生半天，甚至一整天。我敢说，那气氛绝不亚于过年。

有一天早晨，特别冷，我早早到了学堂。像往常一样，大娃们忙着生火。因为硬柴多，火势格外旺，也格外暖和。娃们围成一圈取暖，其中挤得厉害、脖子伸得最靠前的是西杨村的一个小名叫蛐蛐儿的大娃。

蛐蛐儿独苗一个，是家里的宝贝疙瘩。眼看十岁了，还留着马鬃形的头发，戴着"长命百岁"的银锁和银项圈。他长着一张红扑扑的小圆脸，最惹眼的是嘴唇向前翘得很高，翘出来还不算，又向外翻着，像红色的小喇叭一样，看起来很好玩。孩子们都叫他"噘嘴蛐蛐儿"，也有喊"噘嘴猪"的。

今天的硬柴是他从家拿来的，因而显得特别气长。他一边嚷嚷："我爹说这硬柴是柿子树根劈的，耐烧"，一边往前伸长着脖子，并且斜伸出手去，仿佛要把那火上的暖意全拢占到自己怀里去。

九叔"牛黄"来得晚了，没有挤到火边，又看到蛐蛐儿那副伸脖子的样子，实在气不过，便把我拉出去说："你夹个火蛋儿放到蛐蛐儿的脖子里去，他的猪嘴肯定会噘得更高，更有看头儿。"

我挤回到蛐蛐儿旁边，他竟无觉察，依旧伸着长长的脖子，旁若无人地往自己怀里扒拉那一大堆火蛋儿上的热气儿。

"唉哟，我的妈呀！"当娃们听到蛐蛐儿这声撕肝裂肺的惨叫时，我早把一个小核桃大小的火蛋儿放到了他的脖子里。他的小喇叭嘴确实翘得更高了，但并不像九叔说的那样有看头。火蛋儿粘在脖子上，烧得吱吱响，而且冒白烟。他哭叫着，扒拉了几次，都不下来。别的孩子帮着扒拉，也下不来。只好去请阎先生。我一下慌了神，没想到后果会这样严重，这样可怕，吓得愣在那里直哭，一点主意也没有了。

多亏"牛黄"九叔提醒:"还不快跑,一会儿先生来了,不打死才怪!"

我这才醒悟过来,撒腿便跑,一溜烟冲到了大门外。头一个念头是不能跑回家,大人会追问逃学的原因,如果知道又闯了祸,肯定会挨打。再说先生也会认为我躲回了家里,派人来找,也没个跑。但学堂附近是荒滩,尽是石头、衰草和不高的酸枣丛,难以藏身。有几处果园,也脱尽了叶子,找不到安全的隐蔽之地。远处很神秘,我害怕,不敢去。最后总算在我们家的石榴园里找到了一个伐了大槐树、又挖了树根的大坑,挺深,我便趴下去,藏了起来。这里倒是不容易被发现。

记得当时唯一的想法是不要让阎先生抓回学堂用"立板"打死,至于冻饿,都没有感觉。一个上午,不见动静。下午便好几次听到学生娃们和家里人在近处和远处喊我的名字。我硬是憋着没吭声,更紧地缩成一团,大气也不敢喘。直到傍晚,才有两个学生娃找到树坑边来。他们说,上午阎先生亲自取下了粘在蛐蛐脖子上的火蛋儿,让人把他送回家去。他的爹妈还来学堂哭闹了一场,说是成心欺侮他们的宝贝儿子,要找扔火蛋的"坏蛋"拼命。孩子们举发了"牛黄"九叔的挑唆,他狠狠地挨了一顿"立板",这才使苦主们稍稍解气。阎先生果然也派人去过我家，没有找到。家里人起初也没怎么在意，认为中午肯定会回来吃饭。谁知到了中午，左等右等，仍不见回来。爷爷急了，骂道："都是死人，还不快去寻娃！"并且跑到学堂质问先生，"到底把娃打得跑到哪里去了，狼吃了谁负责？"阎先生有口难辩，他实在是没打，但娃却是从他的学堂里失踪的。再说，这一带靠山，入冬以来，附近常有小孩被饿狼吃掉的事。阎先生也急了，课也不上了，发动学生娃们和我们家的人满滩喊名字找我，找了一下午，还是不见人影。眼看天快黑了，大家都急得火烧火燎的。

找到我的两个学生娃特别高兴，好像是立了大功。他们向我保证，阎先生决不会打我。我这才跟他们回学堂，心里还是有点打鼓，见到阎先生时，不住地打哆嗦。但阎先生却没事儿似的，很温和地说："回来了就好，以后别再把火蛋往人家脖子里放了。快回去吃饭吧，你爷爷还等着你呢。"说完，他长出一口气，如释重负。

我跟阎先生念书，总共一年多，第二年就去了县城的骊山小学。在那次火蛋儿风波以前和之后，阎先生虽然曾用他那把"专惩顽劣"而又兼作"尿牌子"的戒尺，平着立着打过不少娃们，但我却始终没有挨过他的打。我忘不了他特意给我的宽容。

半个多世纪过去了，我已从不谙世情的"小土匪"，变成年近耳顺的"老夫"，只是不知道我的这位乡下的启蒙先生还健在不？

铜烟袋锅

——我的暑假先生

我至今仍能清晰地记得冯耀文先生的那个铜烟袋锅，装在一根粗如手指，长可尺五的竹质烟袋杆的前端。这烟锅是用上好的白铜做的，做工细致，型制不大，显得精巧、文气，既可以抽旱烟，也可以抽卷烟。不像一般乡下人专抽旱烟的那种，硕大、粗糙、蛮里蛮气，且多是用黄铜做的。

冯先生装在烟袋杆尾部的烟嘴也很讲究，他自己说是翠玉的，但并不全是绿色，其白质，有几抹不大的绿晕，算不得名贵。可他还是常常在此夸示于人，声称从西安南院门的古董铺购得，肯定是早先官宦人家的东西。乡下人笨，学生娃傻，冯先生怎么说，他们就怎么相信，不会有人去深究。

像我们那里的乡下人一样，冯先生的烟袋杆上也系着一个深色的烟荷包，记得是用鞣得很软的皮子做的，长形，有大人巴掌那么大。口上穿了线绳，开合自如。平素在学堂，这烟荷包是不用的，也不系在烟袋杆上。外出时，才装满了旱烟末，系在烟袋杆上，往肩膀上一搭。那搭法，是荷包在肩后，烟袋在胸前。

我对冯先生的许多记忆，都和他的这根装了白铜烟锅，竹杆，翠玉嘴，皮荷包的烟袋纠缠在一起。

只有放了暑假，我才给冯先生做学生

严格说来，我不能算是冯先生的正式学生。他是接着我的启蒙先生阎志钦到村塾"坐馆"的。他到村里之前，我已转到县城书院门的骊山小学去念书了。那是因为父亲在当时的县政府谋到了一个相对稳定的职务，每月有几斗小麦的薪俸，母亲也就带了妹妹一起来生活，给父亲和我做饭。

县城生活费用高，我们的日子过得很拮据。每到寒假、暑假，母亲便带着我和妹妹回乡下住，好节省些用度。等到开学，再返回县城。

村塾只放麦假和年假，麦假收小麦时放。这是一年的大忙时节，龙口夺食，家家户户都忙得不行，先生和学生娃都必须回家帮忙。从开镰收割，到碾完场，种好秋，总得个把月，所以麦假就比县城的学校长得多。麦假顶了暑假，这样，当县城小学放暑假时，村塾刚好开学不久。

怕玩野了收不住心，以致荒疏了功课，临放假前，骊山小学的级任老师都给学生布置有作业，主要是国文课和算术课，还要每天写一张大楷，抄一面小楷。暑期作业开学报名时要检查，完不成，就不好交代。我生性贪玩，在学校被严格约束了一学期，好不容易盼到放假，还不玩个够？再说，乡下天高地大，好玩的还真不少。杏啊，桃啊，李子啊，沙果啊，石榴啊，柿子啊，都陆续挂果成熟，虽然常有大人看着，但对娃娃们却是防不胜防，我们总有办法乘机爬上树去，而且偷来的东西就是比明给明拿的吃了香。

我很快便玩野了，除了两顿饭，整天疯得不沾家，暑假作业早被抛到脑后，顾不得做，母亲提醒，爷爷督促，都没用，最多应付一下，过后依然如故。有一天，父亲从县城回来，气得不行：罚我跪在地窖里，补做了作业不算，还要我背诵明代什么人写的《草诀百韵歌》，背不过，不准起来，还让妹妹拿了小凳，坐在一旁看守。"草圣最为难，龙蛇竞笔端，毫厘虽欲辨，体势更须完……"父亲见我大声地跪读着，便放心地离去。但父亲一走，负责监视我的妹妹，便成了我的合谋者，在她的帮助下，我还是很快逾窗而逃，照样玩到天黑才回来。

见我不是从罚跪的地窖里出来，而是从外面疯玩回来，父亲先是愤怒地厉声骂妹妹，妹妹谎称："哥哥是背会了'草圣最为难'才出去的，你不是说背会了就可以起来嘛！"父亲被噎住了。但接着拿了那本字帖来，看着要我背。我心里没底，因为他下午从地窖离开后，我只诵读过两三遍。事情是明摆着的，如果我背不过，不仅自己要受更严厉的惩罚，妹妹也会受连累。想到这里，更加紧张得不行。想不到这一紧张，脑子反而变得分外清楚了。看我磕磕巴巴地从头背了一遍，父亲也感到惊异，他无话可说，只好饶了我，可我的手心里还是出了不少汗。

这一回我虽然过了关，没有受到更严厉的惩罚，但却从此丧失了自由的暑假生活。父亲认定，我的淘气和贪玩禀性难移，一会半会儿改不了，家里没有谁能管得住我。于是征得爷爷的同意后，决定把我交给村塾的冯耀文先生去管。

爷爷免姓称冯先生为耀文，一则表示亲切，因为他确实和冯先生很谈得来；二则冯先生小他一二十岁，而他自己又有一定的文化，这样称呼更能显出长者的亲切。我有一位堂弟正在村塾启蒙。那些天轮到我们家给冯先生管饭。饭桌上爷爷说："耀文，我的大孙子放了假，整天淘气、害人，稍不留神，就闯祸，出乱子，我想把这灾怪交到你的学堂里管教几天。"冯先生说："好么！你叫娃今儿外后晌就来。"

就这样说定了。从此我成了冯先生的暑假学生，他成了我的暑假先生。爷爷说的几天，也不是一个暑假，而是至少有三个暑假，合起来也有100多天了。学堂不大，朝夕相处，我对冯先生和他的铜烟袋锅便有了更多的接触，更多的了解。

冯先生惩罚学生从来不用戒尺

冯先生是新堡子人。新堡子离县城也就里把路，以豆腐做得好而闻名全县。县城里卖豆腐的全是清一色的新堡子人，特别是开在南十字醪糟铺旁的老豆腐摊，一年到头生意都很红火。在乡下，肩着豆腐挑子走村串户叫卖的人，也十之八九是新堡子的。

新堡子的豆腐是用石膏点的，细、嫩，有一股特殊的香味，不像别处的豆腐，用老浆或卤水点。总之，在我们县，只要一提到新堡子，就肯定会想到那里的豆腐和豆腐世家。

我始终纳闷的是，这个只有几十户人家，几乎家家户户都以做豆腐为生的新堡子，却出了一个在我们那一带很有些名气的教书先生冯耀文。新堡子村畔的路口，有一棵树龄至少在百年以上的老槐，我们去县城走南路，从这棵槐树下经过，迟早都能闻到村里飘出的豆腐香味。据说，冯先生家就在离这棵空了半拉芯的老槐树不远的地方。他们家做不做豆腐，我没有打听过。但推想起来，即使当时不做了，过去也肯定做过。

爷爷常说："耀文学问好。"爷爷的《三国》《列国》，特别是《纲鉴》读得很熟，他所说的学问好坏，就看这个人谈古论今、评说千秋功罪是不是他的对手，记得熟不熟，有没有高见，能不能互相助长谈兴。在爷爷眼里，附近只有两个人能够达到这个标准，被他看做"学问好"。一个是石滩场村他的老朋友，悬壶济世的老中医杨培育杨先生；另一个就是冯先生了。这也是爷爷愿意在暑假把自己的长孙交给冯先生托管的重要原因之一。

其实教村塾，是用不着多么高深、多么渊博的学识的，关键是要杂，要实用。根据我的记忆，冯先生给他的学生讲的课，固然也有当时国民政府法定的初级小学的课本，如国文、算术、美术之类。音乐课没有，没见他教过，也没听他唱过。这一点就不如他之前的阎先生，阎先生就教我们唱过"嗨呼嗨，我们军民要合作……"。

但冯先生也有他的长处，就是能应家长的要求，给不同的娃娃教《三字经》《百家姓》《千家文》《幼学琼林》等不同读物。比如我的五叔祖让我的堂叔读《七言杂字》，冯先生就教《七言杂字》，因而听他非常生动地给堂叔讲解过"家中有事来亲朋，提上篮儿上街行。要买茄子韭菜蒜，黄瓜葫芦捎带葱……"冯先生的算盘也打得特别精，不仅快，而且准确，必要时他可以把两个长算盘接起来打，尤以难度特大的除盘子而名重乡里，为人称道。

冯先生无论走到哪儿，总带着他的烟袋。外出时系了烟荷包搭在肩上；在学堂，则捏在手里，一般不系荷包。他上课从来不抽烟，但也捏了烟袋，放在讲桌上。

这时烟袋有两个用途，都用铜烟袋锅的那头，一是作教鞭，用来指示写在黑板上的讲课内容，也在课堂秩序不好或有谁打瞌睡时，狠敲桌面，就像戏上大老爷断案把惊堂木敲得山响一样。二是作戒尺用。

村塾里原是有戒尺的，拴了小绳子挂在黑板旁边的墙上。阎先生在这里坐馆时，这戒尺兼做尿牌子用，即作为学生娃大小便的凭证，轮换着提了去校墙外的露天茅房。不提尿牌子，不准去。去了，便是越轨，定要惩戒。阎先生也常用戒尺打他认为犯了错误的学生娃的手心，这是戒尺的正经用途。

冯先生从来不用戒尺。自他来后，这戒尺虽然仍挂在黑板的旁边，却降格到只做尿牌子用，尽管阎先生当初写在上面的"专惩顽劣"的字迹，依然清晰可辨。冯先生的戒尺就是他的铜烟袋锅。

冯先生是以严厉出了名的，学生娃都怕他。他不常打人，气得实在不行了，他也会动手，会栽个"娃样子"（即树一个反面典型），以示警戒。他不打手心，不打屁股，也不碰身体的其他部位，专用铜烟袋锅鸽头。

冯先生拿我栽"娃样子"

有一次，我被冯先生正经地栽了一次"娃样子"。当然是因为我的淘气和害人。

我们那一带以出产火晶柿子驰名秦地，家家户户都有一些柿子树，多的人家成园成林。火晶柿子在小麦扬花、灌浆时节次第开花挂果，麦后生长极快，经霜以后，叶红果红，远望似一片火海，便可以采摘冬藏了。等藏得软了，特别是阴历年前，大量上市，是庄户人家主要的活钱来路之一。暑假期间的七八月份，柿子长到比核桃大一点，青绿色，味涩麻，不能吃。但也有个别因病、因伤或其他原因而早熟的，我们那里叫做"疸柿"。疸柿在满树浓绿的叶果之间泛着诱人的淡黄的光，它们缩短了生命的行程，提前成熟了。疸柿软甜适口，虽赶不上经霜、冬藏后的正常成熟，但比起青涩的同枝生长者，毕竟不可同日而语。它们首先是灰喜鹊的美味，其次也是乡下娃娃们贪婪进攻的目标。我常利用提着尿牌子到学堂门外上茅房的空隙，快速上树，快速摘下，享受一通，志得意满地回到教室。也有不很顺手，拖延了时间，害得别的娃娃因为得不到尿牌子去茅房而尿了裤子的事。

行着提尿牌子上茅房之名，而上树吃疸柿之实，当然属于违规行为，败露了，是会受到冯先生的惩处的，至少要被严厉地数落一通。值得庆幸的是未被发现，于是胆子更大了。

那天，我瞒着母亲逃了一次学，也没有给冯先生告假。藏了书包，拿了镰刀，到西滩里去游逛。西滩在我们村西，由太古洪荒年代的泥石流堆积而成，南接骊山山麓，西连秦皇陵畔，不适合种庄稼，却星散着人们世世代代栽植、嫁接而成的大片、大片的柿子园、杏园、石榴园，间或也有些沙果、红果、李子一类的果木树。说是游逛，其实主要是为嘴，想吃疸柿。

一出村，便有柿子园。柿子树高，叶子正是绿而且密的时候，望了半天也没有发现一个疸柿，很有几分丧气。我把镰刀柄往后裤带上一插，便上了那棵有名的老青柿树。上到中间，骑在树杈上张望，竟喜出望外地看见头顶不远处的密叶间掩映出一点诱人的轻黄。我爬到跟前，伸手摘下一看，原来是一个被灰喜鹊啄过的熟透了的疸柿。瓤子没有了，留下一个从外面看还是好好的一个空壳。灰喜鹊比人机灵，专挑熟得最透、最甜的疸柿啄，即使啄剩的空壳，也比一般的疸柿甜，好吃。我嚼咽了这个灰喜鹊啄剩的柿壳，那一丝丝甜意，勾起了我更强的欲望。我努力在树叶间搜寻，每一处都不放过，竟一个也没有发现。只见阳光从树杈和簇叶间一道道泻下来，一点风也没有，这才感到夏天的燠熟。心里恼怒，汗也就流水样往下淌。我一时性起，从背后抽出镰刀，朝着满树的青柿子挨个儿抡圆了砍过去，一边砍，一边骂："狗日的，我叫你不疸，我叫你长，我叫你还发青……"同时，心里有一种莫名的报复的快意。

正砍得欢时，忽听远处有人大声嚷着奔过来："谁家的瞎熊在树上害人，这回非逮住不行，看你跑得了！"老青柿树是王家的，我被在那边看石榴的王家的媳妇发现了，如果让她抓住就坏了。

我连忙在裤带上别好镰刀，一出溜便下了树，撒腿就跑，箭一样蹿进旁边的苞谷地，消失得踪影全无。后面还隐隐有骂声传来："这灾怪，你看把满树的柿子糟蹋成啥了，非得告给你爷爷给我们赔不行。你跑得了和尚跑不了庙！"

果然，他们家的人到我家给爷爷告了我的状。柿子这东西，说皮实，也真皮实，长得快，不生虫，就是现在有了农药，也用不着打。但又很娇气，稍微有一点伤就会疤掉，不要说用镰刀砍，就是用指甲掐下一小块，过不多久也会疤掉。娃娃们常用这种办法给自己制造过几天就可以吃的疤柿。王家的这棵老青柿树，在村里是人人皆知的，每年秋后总要卸下几担柿子，顶得了别家的好多树，是他们家重要的财源。经我一砍，损失惨重，岂能善罢甘休。

爷爷要面子，人家上门告大孙子的状，脸上搁不住，把我叫到跟前结实地训了一顿："你个鬼子孙，简直瞎得没门户了，一点都不知道尊贵，柿子是砍得的么？那一树的柿子叫你糟蹋得多可惜，把你卖了也赔不起！要是人家也把咱家的柿子砍成那样，冬天还吃个屁。你以后再不放尊贵些，害人，看人家不卸了你的腿，剁了你的手！"爷爷虽然骂得厉害，却不动手打我。要是王家人不找爷爷告状，而是直接找我年轻气盛的母亲，她比爷爷还爱面子，那非得要打我个半死不行。

我们家的规矩，爷爷既然已经教训了孙子，再大的罪，也算是终审判决，母亲无论怎样生气，也不能再责罚我了。否则，就会被视为僭越，就是不孝。母亲谨守妇道，是有名的孝顺媳妇。

因为贪嘴不成而泄愤，而害人，而闯祸。虽说苦主告状，爷爷训斥，却免了一顿狠打，心里很是庆幸，当晚照样睡得死沉。尽管夜里噩梦不断，总是梦见被王家健壮的媳妇在后面追着，而自己的腿总发软，怎么也跑不动，跑不快，眼看就要让人家抓住。但早晨一被奶奶喊醒，竟发现自己还舒舒服服地躺在炕上，就在爷爷的脚边，于是又有了安全感。

王家人吃了大亏，告诉了爷爷，但顶破天不过是娃娃学瞎，害人，再说乡里乡亲的，抬头不见低头见，怎么好真的索赔？要真那样，村里人又会说他们做事太绝，太短，不厚道。但他们还是见人就骂何家的鬼子孙，瞎得没屁眼，把他们家多半树的柿子砍坏了，十村八村都没见过有这样的瞎物。

好事不出门，坏事传千里。冯先生也很快知道了这个消息，他比爷爷还生气。第二天吃了早饭，我照样背着书包去学堂，好像什么事也没有发生。冯先生和往常一样，还是捏着他的烟袋杆儿来上课，擦得很干净的铜烟袋锅特别显眼。

进了教室，大家起立，行礼如仪。冯先生把烟袋放在讲桌上，铜烟锅朝前。他铁青着脸，一言不发。足有两分钟。娃娃们知道这是他大发雷霆的前奏，坏了，又不知要拿谁做"娃样子"了。教室的空气好像要凝固了一样，大家心里都很紧张，又没有底。我正在纳闷，只听见他用尖利的嗓子吼我站起来，问我昨天做啥去了，为什么不告假。我说，着了凉，躺在家里，哪里也没去。他更生气了，话也就更严厉了："你这个害群之马，瞎物，糟害人，把人家一树的柿子都砍坏了，不知悔过，不老实反省，还敢睁着眼睛造谣！"他本来就有点对眼，气得两个眼珠更厉害地向鼻梁子集中，几乎要看不见了，样子特别可怕。我不敢看他，吓得低下头去，心里十分慌乱。

不知什么时候他竟到了我的跟前，只听得他说："我叫你再学瞎，再害人……"他的话音未落，我便感到头被什么东西狠狠地斫了一下，心里猛一激灵：冯先生用铜烟袋锅鸹我了！出于自我保护的本能，没等他来第二下，我便双手抱头，哎哟一声钻到桌子底下。头顶上又烧又痛，立时暴起一个核桃大的肿包。我在桌下，只看见他站在走道上的两条腿，右手紧攥着烟袋杆的后端，铜烟袋锅颤抖着，我也浑身颤抖着。

见我钻到桌下，鸹第二下不方便，再说，我也就六七岁，不经鸹，所以他也就没有再动手。不过，他还是告诫别的娃娃，不可以像我一样学瞎，不可以害人。

我记住了铜烟锅鸹头的教训，再也没有用镰刀鸹坏谁家的柿子，虽然并没有一下改掉淘气、学瞎的毛病。

　　事过半个多世纪，许多旧事都淡忘了，冯先生肯定也早已作古，但他的那个铜烟袋锅，仍历历在目，只是不知道现在何处，是做了陪葬品，还是流落到了别人手里？

我在"文研班"的读书生活

报考文研班

我于1958年提前一年毕业于西北大学中文系汉语言文学专业，毕业后留校做了一年的助教。次年夏天，学校接到中国科学院文学研究所与中国人民大学合办文艺理论研究班的招生通知，报考者须经原单位推荐，资格要求是：在大学中文系或文化艺术单位工作两年以上；是中共党员，专业骨干；政治可靠，有培养前途。原单位推荐经招生单位初步审核同意后，还要参加正式考试，考试合格，才有可能被录取为研究生，报名入学。我的工龄只有一年，与"工作两年以上"的最低要求尚有差距，但学校领导怕早我毕业的两位教师刘建军和张学仁考试把握不大，便也报了我的名字，以增加保险系数。

7月，我们三人同赴北京考试，我和刘建军住在文学研究所八号楼的一间小屋里。记得考题中有一个关于"双百方

1963年吴玉章校长、何其芳所长等与文研班全体毕业生合影。照片中最后一排从右至左第三个为作者。

针"的理解问题。作文题是评论鲁迅的《阿Q正传》或杨沫的《青春之歌》，任选一部。我选的是评论《阿Q正传》，记得开头的几句是："阿Q被糊里糊涂地送上刑场'团圆'了。但是屠夫们，赵太爷们并没有逍遥多久，得意多久……"说实在的，我当时对自己的试卷和评论，还是很有几分得意的。我相信自己能够被录取。但一想到差一年工龄的欠缺，心里不免又有点打鼓。

不过，回到西安不久，便接到通知，西大参加会考的三人，全部被录取了。我真是喜出望外。

文研班驻地在人民大学城内，即张自忠路一号，原为铁狮子胡同一号，人们习惯称"铁一号"。那可是个非常有名的地方，原是段祺瑞执政府所在地，北平沦陷后，这里又做过日寇华北派遣军的司令部。我们的宿舍，就在进门的灰色雕花主楼的二层。

我们报到以后不久，便举行了开学典礼。在开学典礼上，我才知道这个研究生班是根据时任中宣部副部长的周扬的指示由文学研究所筹办的。曾与北京大学联系过合办事宜，没有谈成。最后得到人民大学的全力支持。这便有了我们这些学生的推荐、考试、录取和入学。那时老革命家吴玉章正做着人民大学的校长。他出席了我们的开学典礼，并且讲了话。他有浓重的四川口音，勉励我们好好学习，不要辜负党的重托和人民的厚望。因为他兼任着文字改革委员会的主任，所以也讲了许多关于文字改革方面的话。我们文研班的班主任由何其芳老师亲任，副班主任是人民大学的何洛教授。文学研究所负责专业教学的规划、授课教师的聘请和专业教学的实施；人民大学负责学生的日常管理，包括党团组织的领导、政治思想工作、后勤工作，以及哲学、逻辑、外语课等共同课的开设。文研班设有秘书，人民大学方面是纪怀民，文学所则由所学术秘书室的康金镛、马靖云等同志具体联系。

文学所参加开学典礼的老师，除何其芳所长外，还有唐弢和蔡仪两位先生。唐弢作为文研班的专职教师，是何其芳老师专门从上海调来的。他初到北京，就住在"铁一号"人民大学教师宿舍的红楼里。因为藏书多，学校拨了相邻的两套房子给他。稍后，他才正式搬到建外永安南里的学部宿舍。

文研班的研究生来自全国各地，我们班是第一届，后来又招收了第二届和第三届。之后，还办过一届进修班。我们这一届共有学生39人，中间有人回了原单位，毕业时只有不到20人了。多数同学经过了考试，还有少数几位未经考试，开始算是旁听，久了也就成了正式学生，一律平等看待了。来自青艺的王春元和来自中央美术学院的冯湘一，就是这样。

必读书目三百部

开学不久，便给我们每人发了一份打印的"必读书目三百部"，要求我们在毕业之前读完。这个书目是何其芳老师亲自开列的，他征询了所内外不少专家的意见，几经修改，最后才确定下来，印发给我们。

书目以文学专业的名著为主，既包括了中外的文学作品名著，也包括了著名的文学研究、文学理论、文学批评和文学史著作。但是书目不限于文学专业，也开列了哲学、史学、经济学方面的名著。如《狄德罗哲学选集》《费尔巴哈哲学选集》《费尔巴哈与德国古典哲学的终结》《路易·波拿巴的雾月十八》《唯物主义与经验批判主义》《资本论》（第一卷）等。

拿到这个书目，对我和许多同窗震动很大：一是文学名著类书目，我们只读过其中的一部分，虽个人情况有别，多少不同，但谁都有相当多的篇目未曾寓目；二是非文学类名著我们差不多全没有读过，只有少数人读过一两本。正是这个书目，让我们认识到自己学养的不足，看到了文化知识准备上的差距。

何其芳老师根据我们的要求，专门讲过一次学习方法的问题。他根据毛泽东《改造我们的学习》的思想，讲了学习历史、学习现状和学习马列主义三个方面的问题。他又把这三方面概括为理论、历史、现状。在他看来，这三个方面既是学习的内容，也是知识准备的格局，既是学习的方法，读书的方法，更是思想的方法。他还给我们讲到延安整风时的整顿文风和学风。事实上何其芳老师个人的学术研究，也正是按照理论、历史、现状的方向布局的。他有专门的文学理论研究领域，并以其理论研究带动和指导自己文学历史及其规律的研究；他对中国古代文学的历史进行了重点和深入地研究，如研究屈原，研究《琵琶记》，研究文学史的一般规律和文学史的编写原则，特别是关于《红楼梦》的研究，最为学术界所称道。他给我们说，为了研究"市民说"能否站得住，他花很多工夫细读了黄宗羲的《宋元学案》和《明儒学案》。他说这两部书虽然很重要，但读起来却非常枯燥，他是硬着头皮读完的。

谈到读书，他说，当年读大学时，他读了"五四"以来的全部找得到的新诗集和翻译的外国诗集，数量足有两个书架之多。他的深度的近视眼镜，就是在那以后戴起来的。

由于"必读书目三百部"的震撼，由于包括何其芳在内的师长们读书榜样的启迪和读书方法的教诲，加上同窗们都是经过一段工作之后来深造的，谁都有过"书到用时方恨少"的体验，所以大家都很珍惜这一段难得的学习机会，班上拼命读书成风。我也在这股风气中被推拥着，认真、自觉地读了几年书。特别是1960年"饿饭"以后，比前些年折腾得少多了，我们反倒有了稍许宽松的外部读书环境。按照学制，我们首届文研班应该修业三年，于1962年暑假毕业。但是大家一致要求延长一年。理由是这几年写"反修"文章，热蒸现卖，没有好好读书，许多必读的著作都没有读，得好好补课。一听是要好好读书，其芳同志很痛快地答应了大家的请求，经有关上级同意，我们推迟一年，与下一届文研班的研究生同于1963年毕业。我们的毕业证上至今还印着"学制三年，统一延长一年"的字样。

转益多师是汝师

文研班有严格的课程安排，按部就班，循序渐进。大体按照中国文学史和外国文学史的顺序，安排重要作家和作品的专题讲授。请来授课的老师，多是当时第一流的学者，所讲内容都是他们长期研究的成果，且为学界公认。授课老师不限于文学所，外请的也相当不少。

中国文学的首讲是《诗经》专题，由文学研究所的余冠英先生讲授。余先生是《诗经》研究的名家，他曾在此前出版过《〈诗经〉选注》和《〈诗经〉今译》，受到读者的广泛欢迎。他为人温厚谦和，讲课风格平实而循循善诱，不故作惊人之语。《楚辞》是请北京大学的游国恩先生讲的。他的《楚辞》研究功力很深，听课前我就读过他几篇关于《楚辞》的专门文章，也把他的文章和郭沫若的文章进行过对比。游先生的讲课风格一如他的文章风格，严谨得几近琐细。比如讲《离骚》，就先从题目的释义和考证开始，举证详备，不厌其烦。我在念大学时，听刘持生教授关于"摄提贞于孟陬兮"一句的解析，特别是关于"摄提格"的考证，竟长达一星期的六个课时，所以对于游先生的《离骚》考，倒也能细细地听他道来。记得在讲屈原的人格和屈原谪迁命运对后世的影响时，他特意把唐代诗人刘长卿的诗用粉笔抄在黑板上："三年谪宦此栖迟，万古唯留楚客悲。秋草独寻人去后，寒林空见日斜时。汉文有道恩犹薄，湘水无情吊岂知……"一边吟诵，一边讲解，非常投入，也非常让人感动。我至今仍能记得他吟诵时的神态。当时的《楚辞》今译有多种本子，如文怀沙的和郭沫若的，我都看过，但游先生提也没有提一句，更不要说评价了。

杜甫专题是请冯至先生来讲的。他当时是北京大学西语系教授并任系主任。我们知道他兼有名诗人的身份，在《人民文学》上不时能读到他优美的诗篇。做助教时，我研究杜甫，读过他写的《杜甫传》。他的《杜甫传》20世纪50年代曾先在《新观察》连载，后来稍经修订由人民文学出版社出了单行本。全书仅十多万字，虽然是面向文学爱好者和一般读者的，却很见功力，非熟知杜甫者不能为。《杜甫传》文笔清丽，深入浅出，很受读者欢迎，曾一版再版，屡印不衰。杜甫的传记材料传世不多，冯至作传，主要从杜诗中离析出来，足见其用功之勤。冯至先生的课是诗人式的，即兴式的，不以理性的剖析和周密的论证见长。他后来还给我们讲过德国文学的专题，也给人留下了深刻的印象。

我们班上的同学，有不少是读过文学所范宁先生的文章的，建议请他来讲宋元话本的专题，但班主任何其芳老师没有同意，说范宁虽然写过一些文章，但讷于言辞，不善表述，讲课效果不一定理想，终于没有派他来。我读过《西厢记》的两种当代注释本，一是文学所吴晓铃先生的注本，一是中山大学王季思先生的注本，王注更详细一些。原以为会让吴先生来讲《西厢记》的专题，但请来的却是王季思。王先生从广州专程赴京为我们上课，往返乘的都是飞机，这在当时要花重金的。只要学问好，讲课效果好，班主任何其芳是不惜工本的。王先生的课的确不负众望，讲得极精彩。

外国文学的授课老师，也同样都是名重一时的专家。罗念生先生为我们讲希腊悲剧，他精通古希腊语，三大悲剧家的主要作品都是经他翻译的，他的译本至今仍是公认的权威译本。罗先生身体不健壮，面容黄瘦，讲课细声细气，冬天总是戴着一顶卷边毛线编织短檐帽，形状很像电影《林家铺子》里谢添饰演的林老板戴的那种。他穿着青布棉袍，好像没有罩袍，因为我能清楚记得上面一个个针脚衲过后留下的小坑窝。为我们讲法国文学和戏剧的是著名批评家和戏剧家李健吾。他与着中式袍服讲洋戏的罗念生不同，每次讲课都穿着深色的西装，以黑色为主。他显得胖墩墩的，西装好像要被胀破似的。讲莫里哀喜剧，很投入，讲到精彩处常自己在讲台上表演起来。特别有趣的是，掏出雪白的丝织手绢来，一抖，用几个手指捏着，从嗓子里挤出细而且娇的女声，扭着粗壮的腰肢，表演贵妇人的动作和神态，课堂情绪极为活跃。还有其他一批著名的外国文学专家被班主任延聘来为我们授课。如季羡林先生讲印度文学；卞之琳先生讲莎士比亚；戈宝权讲普希金；叶君健讲安徒生等。

我们的文艺理论课是一门主课，由蔡仪老师讲授，每周都要来讲。那时他正在主持编写作为高校教材的《文学概论》。我们的这门课程就是按照后来成书的这部教材的轮廓讲授的。蔡老师身材瘦高，留着寸头，用浓重湖南口音的普通话讲课。我们的课从文艺作为上层建筑开讲，逐渐展开。蔡老师讲课，以严密的推理和论证见长，很少有生动的举例。他总是很严肃地讲，我不记得他在课堂上有过笑容。有的同学觉得他讲课枯燥，但我始终认真地听，认真地做笔记，并不觉得枯燥。听他的课，有如嚼橄榄，久而真味始出，盖属于苏东坡所说的"外枯中膏"一类。我们都知道，在50年代的美学论争中，蔡老师属于"美是客观的"一派，是这个美学流派在现代中国的主要代表，但他没有给我们讲过美学课，也没有在文艺理论课中系统地介绍过自己的美学主张，尽管我觉得他的文艺理论观点其实就是他的美学思想的文艺或文学表现。

美学课也是文研班的主课之一。我们系统地听了朱光潜先生讲授的西方美学史，这门课的讲稿就是后来出版的《西方美学史》的雏形。朱先生在北京大学讲课，我们每次去听课，都是从"铁一号"坐学校的专车。朱先生满头银发，长着一个苏格拉底式的脑门。他的《文艺心理学》等代表性著作，我做大学生时就读过，知道他是唯心主义营垒里的美学家。新中国成立以后，他把自己"'美是主观的'的主张修改为'美是主客观的统一'"，以与马克思主义的哲学接轨。但他的论争对手仍认为他的"主客观相统一"，不是统一于客观，而是统一于主观，还是主观唯心论那一套。别看朱先生文笔活泛，平易近人，但他讲课却极严肃认真。每次讲新的课以前，他都要复习上一次讲课的内容，或者检查他所布置的参考书的阅读情况。他拿着听课人的名册，随机点名，让你站起来回答问题。所以同学们都很紧张，生怕点到自己的名字，回答不好，下不了台。我在文研班还算娴于辞令，长于表述，一般不怯场。但在有一次关于亚里士多德《诗学》的提问中，还是被朱先生问懵了。最初的两问还能对付，接连几个更深入的问题，便知其然不知其所以然了。朱先生个头不高，且已微微驼背，但往讲台上一站，便显得威严、高大起来。有一种人格和精神的震慑力。

李泽厚是实践派美学的代表人物，他也被请来讲授过他的美学观念和理论。他那时也就刚刚30出头年纪，比我们班上年龄大的同学还要小十来岁。他对自己的观点很自信，但似乎不太会讲，没有如朱先生那样的震慑力。他没有讲稿，只在两张白纸上散乱地写了提示性的短语，短语之间画了连接线，这显然是一份前提纲阶段的思维轨迹图。

美学家王朝闻先生也来给我们讲了课，他与蔡仪先生的授课风格正相反，基本上不讲多少理论，而是多具体作品的欣赏和举证，讲自己的鉴赏体验和创作体验，机敏而且睿智，给人以多方面的、亲切的启发。比如讲他的雕塑名作《刘胡兰》的挺胸稍前倾的身姿造型，就是从中国古代青铜酒器斝的型制中得到启示，获得灵感的。

就记忆所及，先后给我们讲过课的老师，还有张光年、宗白华、马约翰、黄肃秋等人。我们还到中央美术学院听过中国美术史和西方美术史等课程，以拓展我们的学术视野。

像一支军队的风格就是指挥员的风格一样，我们文研班的课程设置风格，就是主持者、班主任何其芳的文学教育思想的风格：第一流的授课教师；古今中外的教学内容；历史、现状、理论并重的方法。杜甫《戏为六绝句》的最后一首是："未及前贤更勿疑，递相祖述复先谁？别裁伪体亲风雅，转益多师是汝师。"何其芳老师很喜欢杜甫的这组名诗，他在1964年也效杜甫写了《戏为六绝句》，抒发自己的诗歌见解。杜甫的"转益多师"他是实践过的，他也按照这个思路，安排我们的必读书目，安排我们的教学。

作为一代文学教育的宗师，他在20世纪三四十年代在延安主持鲁艺文学系的时候，在五六十年代在北京主持文研班的时候，都按照自己开放的具有包容性的学术精神和思路，培养了自己的几代学生。

我是"马文兵"里的小角色

"马文兵"在20世纪60年代初的中国文坛上是很有点名

气，很有点影响的。"马文兵"是我们人大文研班首届研究生写文章时所用的集体笔名，意为"马克思主义文艺理论战线上的一群小兵，一队小卒子"。我们读研的那几年，"反修"是文艺界的主要任务，周扬下令创办文研班的目的，就是要培养文艺理论批评战线上的反修队伍，所以，我们写反修的批判文章，也就是理所当然的了。

以"马文兵"的名义发出的重要文章，一般都要经过大家反复讨论和修改。那时要文章的地方很多，也有些未经全班讨论，又不是特别重要的小文章，则用"文效东"的笔名发出去。当然，这样的文章也要经班支部同意。

在"马文兵"几篇重要文章的写作中起关键作用的是郭拓。郭拓，在文研班是老革命了。他1937年参加革命，1938年入党，抗战期间，在八路军中做参谋，负责过对日本人的宣传和对日本俘虏的改造教育工作。新中国成立后任天津最大的一家造纸厂的党委书记兼厂长，行政级别14级。但他不想做红色企业家，对当官也毫无兴趣，一门心思想读书。于是，在他反复的强烈要求下，组织上同意调他到南开大学中文系做调干大学生，他是唯一的学生校党委委员。1951年和我一样报考并被录取为文研班的正式研究生，当然是调干研究生。

进入文研班的那年，郭拓41岁，差一岁就是我入学年龄的一倍。那年，他的女儿刚好考入南开大学。他级别高，资格老，理所当然被指派为我们班的党支部书记，同时也是新闻系的总支委员（因为当时人大没有中文系，只有语文教研室）。

郭拓很老练，讲起话来滔滔不绝，长篇大论。"马文兵"的反修文章，从定题，到写作，到出初稿，到讨论，到定稿，他都是主要组织者。有了题目，他先讲，大家讨论，他把大家意见初步归纳，拍板指派人去分头写，稿子出来了，他再组织讨论，修改，定稿。他很会说，但从来不亲自执笔写。他不仅字写得难看，而且写不好文章。说他是"马文兵"一系列文章的主要谋士和智囊，我看当之无愧，但他不是"马文兵"的写家，不是执笔者。他的讲话，记录下来，稍加修饰，就是不错的文章，但自己单独写不出好文章。这大约是他长期从事领导工作的结果，"领导出思想"，出了思想，下了指示，让秘书去干就行了。他是"马文兵"写作集体事实上的主要领导人。"马文兵"最有影响的两篇大文章，一篇批判资产阶级人性论，一篇批判资产阶级人道主义，他都是主脑，文章写成后他代表"马文兵"在《文艺报》组织的座谈会上发言，语惊四座，深得主持会议的邵荃麟的好评，这两篇文章《文艺报》都给了较大的篇幅作为重点文章全文刊发。

郭拓不修边幅，生活很不讲究，吃饭、喝水都用的是同一个硕大无比的茶缸，有的同学拿他"开涮"，说是郭拓那个大缸子，晚上兼做尿桶用，这个我倒是没见过。他住在我们那层楼的西北角房间里，东向、北向均有一窗开向游廊，北窗正对着一个上楼的转梯。照顾他，给他一人一间屋子。夏天苦热，他常常会像南北朝时的刘伶一样，"以天地为栋宇，屋室为裈衣"，脱得一丝不挂，在屋里吊儿郎当地走来走去，做思考状，还不时端起大茶缸喝口水。但旁若无人，从不向窗外望一眼。他这样，吓得班上的几位女同窗都不敢从那里的梯子上楼。我是在一位同学的提示下，去那里窥伺过一次，郭拓真的没发现我。

郭拓的支部书记是被文研班的同窗们罢免掉的，原因是大家越来越无法承受他目空一切、出言不逊的狂态。他觉得在这个世界上他最有学问，他讲的话最正确，对的是对的，不对的也是对的。最让同学们无法容忍的是他对大家尊敬的班主任也不瞧在眼里，竟说："何其芳懂得什么？还是文学所所长呢，就这水平！"罢免郭拓时，我也是意见最激烈的人中的一个。郭拓毕业后分配到哲学所工作，死于脑梗，一粒药捏在手上，没有来得及填进口里，就孤独地去了。去世时还是助研，他的副研名分，是死后才得的，已是死魂灵副研究员了。

"马文兵"的真正写家在当时是王春元。王春元来自青年艺术剧院，有点肺结核。他长我13岁，是我同窗中的中等年龄。那时吴雪做青艺院长，派他来文研班进修，想把他培养成剧院的"自己的评论家"。他不善于讲，却长于写，与郭拓正好相反，两个人互补，便有了"马文兵"的好文章。

那篇关于资产阶级人道主义的文章，就是他执笔写成的。他写文章很慢，属于以"腐毫"著称的司马相如一类的才子。但慢工出细活，文章耐看，有文采。正因为如此，他毕业后没有回青艺去再度演红如《家》里大少爷觉新那样的角色，改了行，被调到文学所来（后来不幸于1994年过世了）。

当年用"马文兵"、"文效东"的笔名所发的那许多文章，从今天我们所达到的认识来看，有相当突出的"左"倾教条主义的倾向，而那些对所谓"修正主义文艺思潮"及其在国内外的代表性作家作品的批判，也基本上是站不住脚的。但那是一个时代的错误，是步入歧途的历史必然会有的文化反映，"马文兵"的每一个年轻的和不十分年轻的成员，都无法为它负责。时过境迁，我们当然应该以一个负责任的知识分子的态度，进行反思，有所忏悔，不能固守原来的立场和观念。事实上，包括我在内的仍然活着的"马文兵"的成员，我们正是这样做的。

在"马文兵"的成员中，许多人在经过文研班严格的、开放的同时又是系统、科学的训练之后，都成为文艺界的骨干，在党所领导的文艺战线上发挥了中坚作用，尽心尽职地干了一辈子；在学术上有建树的人也不少。

谭霈生长我五六岁，是中央戏剧学院来的，嗓子是经过训练的，音色、共鸣都不错。讲起话来浑厚而富于感染力。他写文章时，拿着《马克思恩格斯全集》翻阅，引经据典。他抽烟，篮球打得很棒，在我们班的那个无往不胜的篮球队里，属于技术型球员，不像我的猛冲蛮撞。他常打中锋，篮板球拿得很好。每到周末之夜，他又是玩"拱猪"的牌迷，输了钻桌子，或者在脸上贴纸条。他如今是中国戏剧界最重要的理论家之一，由他创立的"情境说"的戏剧理论，独树一帜，影响很大。

陆一帆来自中山大学，他身体特棒，肌肉发达，是我们班唯一的校体操运动员，也比我长五六岁。在文研班时他曾跟唐弢老师学过一阵现代文学，但毕业后却从事文艺理论和美学研究。新时期以来是岭南美学界的执牛耳者，著作甚丰，他对文艺心理学的研究，与早起步的金开诚，稍晚起步的鲁枢元，都是在这个学科较有建树的学者。可惜，他那么好的体质，又一直坚持锻炼，却不幸猝亡。据同在一校工作的也是"马文兵"成员的潘翠菁教授说，很可能是长期超负荷工作，积劳成疾而不自知。

"马文兵"成员中，后来有影响的还有做了《人民日报》文艺部副主任的理论批评家缪俊杰；做过山东省作家协会副主席的文学批评家陈宝云；西北大学中文系主任、理论批评家刘建军；教授、学者张学仁；杭州大学教授、学者张颂南、何寅泰；扬州师范学院中文系总支书记，学报主编陈兆荣；鲁迅研究专家、研究员李允经；天津社会科学院研究员、理论批评家黄泽新；北京师范大学中文系总支书记、教授梁仲华；浙江丽水师专校长、教授、文艺理论家叶风沅；美术理论批评家冯湘一等。

在文研班，在"马文兵"的写作群体里，我是真正的丑小鸭，小不点，小兄弟，不起眼的小角色，派不上，也没有派什么大用场。入学的时候，刚满21岁，虽细高挑个子长到一米八，还是被同窗的师兄师姐们亲切地叫做"小何"。"饿饭"的那几年，班上的大哥哥大姐姐们都减了定量，减到只有20来斤，许多人都浮肿了。但是他们一致说："小何正在长身体，不要减他的定量！"我是班上唯一保持原来学生36斤定量的人。我虽然也感到饿，腿上没力气，爬上二层楼到宿舍都没力气，但是我没有浮肿。我是在同窗大哥哥大姐姐们的呵护和关爱下，修满研究生四年课程毕业的。

分配到文学研究所工作，"小何"改称"大何"了。但大何仍然怀念那一段长知识、长身体的研究生生活，怀念师长们，师兄姐们。如今，我应该是真正的老何了，我深感有愧于师友们的培育、关爱和期望。

我家五代故宫缘

我第一次知道有"故宫"，是从爷爷嘴里听到的。在我家乡人的眼里，爷爷算是有文化的人，能看《纲鉴》，喜欢讲古。《纲鉴》是按帝系编年的，而皇宫，则是皇帝生活和处理一切军国政务的主要舞台。所以凡和皇帝有关的历史掌故，他总会联系到自己去过的故宫。听得那些庄稼人啧啧称奇，羡慕不已。

爷爷进故宫看钟表

爷爷生于清光绪年间，到辛亥革命清帝退位那年，他已年逾弱冠。家里请的私塾先生，他先后念死了两个，然而不要说举人不曾中得，就是秀才也没有混上。所以，当故宫还不叫故宫，而是皇宫时，他是无缘得进的。但是他说，他见过西太后和光绪皇帝的车驾。那是庚子年，在新丰街上，八国联军打到北京，西太后带了光绪皇帝仓皇逃出紫禁城，经

北京故宫中线轴

山西入关中。爷爷是从我们上何屯赶到新丰街上看皇帝的。因为是蒙尘逃难，警戒松弛，爷爷那年只有十岁，居然从跪迎圣驾的百姓中看到了坐在车里的光绪。据他说皇帝很年轻，有一个白胡子的大臣给他留下了更加难忘的印象。爷爷到故宫看皇帝坐过的龙椅和金銮宝殿，是在1924年冯玉祥把溥仪从紫禁城里——赶出，次年10月10日又成立了故宫博物院，老百姓花钱买票就可以进去参观之后。

那时我的姑祖母住在天津卫，我的姑祖父在那里开纱厂。姑祖母便把她的大哥，即我爷爷，从陕西乡下请来游玩。天津没啥看头，爷爷很感兴趣的是北京的故宫。当时门票要一块现大洋，不便宜。他开门进，关门出，花了整整一天时间，看得还不仔细。爷爷没有讲故宫的书画珍品，他对此不感兴趣，他虽然能看《纲鉴》，但一辈子提不起笔，我就从没看见过他写字，那些宫殿建筑他不懂，高台黄瓦，斗拱飞檐。他给人讲得最多的还是大小不一、形态各异的钟表，还有那些见都没见过、听都没听说过的奇珍异宝。这也是乡下人特别感兴趣、也特别爱听的，爷爷时不时地讲述，让我对那神秘的故宫有了渐多的渴望。

我进故宫缘"赶考"

到了20世纪50年代初，我母亲的舅表哥在北京卫戍区当师长，母亲问我愿不愿意去北京，找亲戚帮忙寻个工作。我那时正在西安上中学，不想放弃学业。尽管也知道，到了北京，就能看到龙椅、金殿，以及奇妙的钟表和珍宝。便对母亲说："北京我肯定是要去的，但要靠我的本事。"我还说，将来我自己不仅要奋斗到北京，而且还要接她和父亲到北京看看故宫。母亲心里很高兴，便说："那我们就等着享你的福，去逛北京了。"我当时开的其实是一个空头支票，连我自己也不知道什么时候能到北京，能兑现我给母亲许下的逛北京、看故宫的愿。

我有机会进北京是在1959年，新中国成立的第十个年头。那年夏天，我和西北大学的两位青年教师一同到北京报考研究生。考完试，我们商量去看看北京的文物古迹。如果研究生不被录取，也不枉来一趟。那时，作为国庆的献礼工程，人民大会堂和历史博物馆还没有完工，天安门广场上一派繁忙景象。我们进故宫是走天安门，在五凤楼前驻足，购票，票价一元人民币。

我进了太和门，远望太和殿的层台丹陛、雕栏玉砌，以及丹墀台前阔大的砖砌广场，觉得殿宇有一种威严感、震慑感。心想，这里不仅是整个紫禁城建筑群落的中心点，也是整个京城龙脉的中心点。

那时，广场的砖缝中已长出了一些青绿的细草。想当年，那些大小臣子走到这里定会有一种细草一样的感觉吧。他们要在威严的帝王面前，沐浴皇恩雨露，然后山呼万岁。虽然这些官员在草民面前，一个个威风八面，但到了这里，却肯定连砖缝里的这些细草都不如。

太和殿是举行重要的朝会大典时皇上接受朝拜的地方，

"九天阊阖开宫殿，万国衣冠拜冕旒"形容的大概就是类似的盛况。那次游故宫，我们花了一整天，中轴线上的太和、中和、保和诸殿看了，军机处、东西六宫、御花园，还有钟表馆、珍宝馆等，也都跑了一圈，出来走的是面对景山的神武门。

除了爷爷和姑祖母，我是老何家第三个进故宫的。故宫归来，不免有点怅然，因为是来报考研究生，便很有些进京赶考的举子的感觉：固然青云路窄，但谁也不希望名落孙山。我当然知道，故宫是当年科举制度之下进行殿试、皇帝钦点状元的地方。如今早已没有了名义上的皇帝，研究生是否被录取跟故宫也毫无关系。然而既是考试，应试者在揭榜前的那种没有着落的心情，应该说古今是一样的。我想，即使榜上无名，再无缘进京，我也毕竟和爷爷一样，在故宫逛了一天。

幸运的是，我拿到了录取通知书。1960年，我的《论杜甫诗歌的艺术风格》先是在《光明日报》"文学遗产"专栏连载，接着中华书局在《杜甫研究论文集》中收了这篇文章，我拿着先后得到的100多元稿费，准备兑现向母亲许的愿：来北京游玩，特别是看看故宫。因为钱少，只够一人花销，所以父亲先不来，况且两个弟弟尚年幼，家里也不能没人照顾。

母亲进故宫赏石榴

母亲来京是1961年我放暑假的时候，在一场伤寒差点要了她的命以后。恰逢我的同屋回了家，有地方住。我陪母亲去了北京的许多风景名胜，但第一个看的仍是故宫。

母亲爱看戏，虽然认字不多，但戏本还能念。戏里有"孤王我，打坐在，金銮宝殿"的唱词，这回她真的看到了金銮宝殿。她的感觉是真大，房子真多。在午门外她问我，戏上说的推出午门斩首就在这里吧。我说是这个门，但并不在这里斩首。斩首行刑明代在西四，清代在菜市口。明代的臣子惹恼了皇帝，用"廷杖"来责罚，倒是常在这里。也有死于杖下的和被打得血肉模糊、肝脑涂地的，那叫"杖毙"。母亲看看地面的砌石，仿佛看到了凝结的血痕，惊诧不已。

看到金銮殿上皇帝的龙椅，那么多雕镂的蟠龙，母亲断定坐上去肯定不舒服，虽然铺着黄缎坐垫。她说，坐在那上面，绝对不比咱们乡下人坐新打捆的麦子上，或者铺了用新棉花絮的褥子的热炕上感觉好。

记得太和殿后连接三殿的高台辇路的两侧，那时摆着不少硕大的木盆，里面盛了泥土，栽着结满果实的石榴树。八月，石榴长得有小孩子拳头那么大了。石榴是我家乡临潼的特产，那是当年石榴从西域引进后的第一个大规模的栽培地，史称骊苑。武则天最喜欢的花就是石榴花，因而时常驾幸骊苑。我们家房前屋后，甚至茅厕边，都栽了石榴树。我父亲一辈子种得最多的就是石榴，老何家的石榴园，大多是他亲栽的。所以母亲对故宫种了石榴的大木盆特别感到亲切，特意让我给她在旁边拍了照。我告诉她，这里的树苗据说就是从咱们骊山底下的秦皇陵上挖来的。

那天我们还上了景山，从最高处的万春亭俯视故宫、中南海、北海，因为正值"佳木秀而繁阴"的季节，母亲说："这么多树，真好看。"她竟然忽视了眼前黄瓦覆顶的宫殿群落，掩映的楼阁，参差的台榭和塔亭，只看到了树，看到了绿色。对庄稼人来说，绿色意味着丰收，意味着希望，意味着生命。所以尽管刚参观完故宫，按照她的审美习惯和心理定式，她选择的、欣赏的、惊叹的，仍然是树，是绿色。

父亲进故宫斥奢靡

"文革"开始那年的5月，父亲得了癌症，我从参加"四清"工作队的江西回乡，接父亲来北京动手术，母亲陪同前来，手术还算顺利。术后，母亲先回陕西乡下，父亲又留了一段，我也陪他看了必去的故宫。

父亲虽然没有上过学，但是靠刻苦的自修，反倒有了比念死两个坐馆先生的爷爷更高的文化。他出生的那年，正是辛亥革命推翻帝制的时候。他没有像爷爷那样做过大清国的子民，对于山呼万岁那一套颇不以为然。参观故宫，他看到的是皇家奢靡的生活，说这些皇家建筑，都是老百姓的血汗钱垒起来的。他曾熟读杜牧的《阿房宫赋》，知道秦的覆亡是役民无度，不施仁义的结果，他在一封给爷爷的信里，曾有"刺恶阿房，狼牙凛然，而楚人以火"的话。1958年"大跃进"，农民苦不堪言，他曾说过"人要吃饭把人撑死，牛要吃草把牛撑死"的话，"文革"中被加上"反毛主席"的罪名，打成反革命。如果不是母亲勇敢地保护，差一点被斗死。

父亲也看《纲鉴》，也爱讲史，但很少联系自己看故宫的经历。他恨封建专制，对皇帝嗤之以鼻。

小孙孙进故宫看乌鸦

进入新世纪，我在那个起始的龙年喜得龙孙。托皇天的福，不久我的女儿又在故宫博物院谋得一份差事"进宫"

了，做了《紫禁城》的编辑。要在过去，该算宫里的"女官"了，尽管职级不高。

我的小孙孙4岁生日那天，也由他的妈妈带"进宫"去玩。他回来对奶奶说："真大啊！"奶奶问他："怎么个大法儿？"他瞪圆了大眼睛说："乌鸦真大，这么大！白猫好大，这么大！"一边说一边伸开臂膀用小手比划着。

他进了一趟紫禁城，却既不见宫也不见殿，只见到那里散布的大乌鸦和到处乱跑的大白猫。一黑一白，真大！一个象征永祚，一个象征长寿，也算一种感悟吧。

愚人节的感伤

那是多年前的一段往事。

头年秋天，为害十年的"四人帮"极左集团被端了出来。先师何其芳同志最终摆脱了"文化大革命"浩劫中当黑帮、圈"牛棚"、戴"走资派"高帽、下干校养猪、扫厕所、挨批斗的梦魇般的生活，仿佛又一次获得了新生，获得了自由和解放。那些日子，他简直像天真的老小孩一样快乐。研究所里，又能够经常听到他急促的碎步、浓重的四川口音和爽朗的笑声了。

但是，由于长期精神和肉体的折磨，他的身体已经大不如前，加上血压过高，脑动脉硬化，常常出现思维中断：说着说着话，便忘了自己说的是什么；走着走着路，便不知道自己走到哪里，好几次在街上跌得遍体鳞伤，被好心的路人送到所里或家里。

那年，他虽然刚满65岁，却已经很显龙钟之态；背有些驼，头发几乎全白了；步态虽说仍是那样急促，出门却离不开拐杖；笑容是苍老的，即使最开朗的时候，也含着只要细心，就能捕捉到的忧戚。我想，这也许因为那些让人不快、又不肯离去的往事的记忆，常常会向他袭来，咬啮他敏感的诗人的心。

何其芳先生

研究所渐渐恢复了一些业务活动。当时主持所内工作的党总支让他分管科研方面的事情，成立了科研组，我协助他管理这个具体的办事机构，跑跑腿，完成他交办的日常事务。他仍像"文化大革命"前那样，每天上午坚持来所里上班，几乎风雨无阻。如果下午不开会，没有非他亲自处理不可的事，他便在中午吃饭时回西裱褙胡同的家里去休息，然后读书、写作。

　　记得是转过年的春天。倘在江南，也许已经花红柳绿；而北京却仍然春寒料峭。长安街上的大叶杨树上，刚刚伸出毛茸茸的花絮；柳条上的叶苞，稍许大了些，却还不曾舒展开，好像还得再过几天，才能到"草色遥看近却无"的时候。

　　那时我住集体宿舍，就在机关院内，所以，一吃完早点便去科研组办公室。这天，刚坐下，便听到走廊里由远而近地传来熟悉的脚步声，拖地而急促。我知道，这是其芳同志像往日一样，早早上班来了，便迎出去接他。

　　我们的办公室在二层楼的中部。虽说楼外嫩寒，楼内十多天前就停了暖气，可其芳同志仍然走得满头大汗，气喘吁吁。我接过他手里的黑色人造革提包，轻轻扶着他走。他边走边摘下帽子用手绢擦汗，不等进办公室门，便开始告诉我说，昨天晚上读元人的集子，看到两首效玉溪生体的七言律诗，用典较多，含义朦胧，不易疏解。由于前些年"革命群众"造反，占了他的书室和住室，他的几万册藏书，都被胡乱堆在走廊里，无法查找，因此，他要我帮他查查典故，并谈谈我的理解。

　　我扶他在办公桌旁靠窗的椅子上落座，把拐杖靠到墙角，在他对面坐下来。他喘了口气，让呼吸稍微平稳下来，便说："我把诗抄给你罢。"

说着，从抽屉里拿出一张质地粗劣、颜色泛黑的小稿纸来，在桌上铺好。这种稿纸是研究所十多年前印制的，其芳同志摘下深度近视眼镜，很吃力地边回忆边在上面写着，眼睛离纸很近。上年纪了，眼睛不好使，虽然看远处的东西仍然离不开戴了多年的镜子，但看书、写东西，却又要摘掉它。

其芳同志每写一句、两句，都要停好长时间去想，而且不断地用手拍打宽阔的脑门，咕哝着："你看，你看，这个脑子……这个脑子，怎么搞的？怎么坏成这样……昨天刚看过的，就记不起了……"看到他这样艰难，我感到辛酸，也感到愧疚。他曾经有非常惊人的记忆力，可以过目成诵。我做研究生时，他行政事务很忙，给我们讲课，只能在先一天晚上拉出一个提纲，第二天便根据这个提纲去讲；靠了博闻强记的学力，他居然能够论证严密、资料翔实地讲半天，乃至一天。变成现在这样，完全是"文化大革命"造成的。"造反派"折磨他，我们这些"老保"，后来为厂"表忠心"，为了洗刷"保皇派"的罪名，回到"毛主席的革命路线"上来，为了与"走资派"彻底划清界限，也一度折磨过他……

其芳同志花了足足一个小时的时间，才很费劲地把这两首据他说从元人集子里看到的诗，回忆并抄了出来：

锦瑟（二首）
——戏效玉溪生体

其一

锦瑟尘封三十年，

几回追忆总凄然。

苍梧山上云依树，

青草湖边月堕烟。

天宇沉寥无鹤舞，

霜江寒冷有鱼眠。

何当妙手鼓清曲，

快雨飓风如怒泉。

其二

奏乐终思陈九变，

教人长望董双成。

敢夸奇响同焦尾，

唯幸冰心比玉莹。

词客有灵应识我，

文君无目不怜卿。

繁丝何似绝言语，

惆怅人间万古情。

从少年时代起，我就很喜欢李商隐的诗，喜欢他的凄丽、哀婉、缠绵，以至感伤。他的许多《无题》诗，我都曾熟读成诵。有的诗，诗境朦胧，虽至今难以确切解出它们的含义，但还是喜欢，李商隐的《锦瑟》诗，就属于这一类。它题为《锦瑟》，不过是取了开头的两字，这两个字在诗中充其量起一种托物起兴的作用。至于更深一层的隐喻，那就要看读者在鉴赏过程中的再创造了，看他的学养和才力如何了。

我当然知道，《锦瑟》的难解在文学史上是出了名的。历来注家各执一说，言人人殊，难以定论。金代忻州大诗人元好问在《论诗绝句》三十首中曾说：

望帝春心托杜鹃，

佳人锦瑟怨华年。

诗家总爱西昆好，

独恨无人作郑笺。

　　西昆，是宋初的翰苑。当时馆阁诸人如杨大年、钱惟演等，效晚唐李商隐、温庭筠诗体写作，编成《西昆酬唱集》，"西昆体"以此得名。元好问对于这段缘起，不甚了然，因袭前人错讹，误以宋之西昆体为李商隐体，错倒了先后。但他看到《锦瑟》的难解，却符合事实。这首诗至今学术界仍然看法纷纭，莫衷一是。大致可以归纳为"悼亡说"、"自伤说"。而钱锺书先生则主张"艺术境界说"，即认为诗中所言，系以形象的画面，暗喻创作所达到的境界。但余冠英先生却不很赞成钱先生的解释。有一次我到家里看他，他仔细地说明了自己的看法，引经据典地展开了论证，整整讲了约两小时，并说要写成文章。可惜后来身体不好，一直未见他写出来。

　　我拿了其芳同志抄给我的诗笺，到图书馆翻查各种材料。先把典故一个个注出，然后逐句、逐联地疏解诗思，串讲全篇。原诗我不熟，其芳同志又没有告诉我何人所作，出于何集，无法了解作者的生平际遇和其他诗文，也就难以做到孟夫子所讲的"知其人而论其世"，只好就诗论诗。

　　过了差不多一个星期，经过反复地揣摸，我觉得自己基本上把握了两首诗的意旨。一天上午，其芳同志又像往常那样，拖着急促的碎步，早早来上班了。扶他坐下，我便谈起对这两首诗的看法。

我告诉其芳同志，诗的副题虽有"戏"的字样，全诗却写得情真意切，哀婉动人，那一抹浓厚的感伤意绪，可以入人肺腑，动人心魄，没有一丝一毫的游戏味道。历来仿效李商隐的诗，我读过不少。清初金圣叹的《沉吟楼诗稿》里就很有一些标明"效李义山"的诗，但多为绝句，写得并不高明。这两首元人的效作，当属上乘。最后我郑重其事地得出结论说：根据"苍梧山上云依树"、"文君无目不怜卿"等诗句和弥漫全诗的那种难以排遣的感伤情调来判断，这应该是两首悼亡诗。

其芳同志听我正儿八经地讲完一篇自以为高明的宏论，突然拊髀大笑，笑得那样开心，那样天真。这在他，是从来没有过的。我有点愕然，不知所措。

"牟决鸣同志还在，我悼的什么亡？你忘了，我告诉你这两首诗的那天上午，是4月1日！"他笑着大声说。

愚人节！我恍然大悟。

4月1日愚人节，这个据说起源于英国，而后逐渐流行于整个西方世界的节日，本是荒唐、幽默而又欢乐的。按照不成文的约定，只要是在这天的中午12点以前，人们相互之间都可以尽情地编造各种无稽的谎言、貌似真实的鬼话，去一本正经地诳骗别人，愚弄别人。被诳骗和愚弄的人信以为真了，便是"傻瓜"、"笨蛋"。在愚人节做了"傻瓜"或"笨蛋"是莫大的荣幸，所以人们不仅不以为意，反而会很高兴；其程度，绝不下于捉弄他们的人。

但中国人并不过愚人节。就是在知识分子中，真正知其详者，怕也有限。我是一个很粗心的人，连每年过生日的事，也需要家里人提醒，更何况这来自域外的愚人节。因而，被我的老师善意地捉弄一次，变成货真价实的笨蛋，也是活该。

不过聊堪自慰的是，后来我才知道，同时因这两首诗而被一向忠厚、一向真诚的其芳同志捉弄的还有学识渊博的邓绍基、陈毓罴和版本学专家汪蔚林。汪蔚林那时正兼着图书馆长，他为找到这两首诗的出处，居然查遍了馆藏全部元人的集子，当然是茫无所获。他们都像我一样，竟无一人发现这是其芳同志本人的作品。虽然他们比我高明，没有荒谬到认定这是一首"悼亡诗"，但那又怎么样呢？不过是比我稍高一个层次的"傻瓜"和"笨蛋"罢了。

然而，陈毓罴肯定这是两首自伤诗，却不能不说是高见，尽管他起初也不知道抒情主人公是何许人也，更不知道他所伤者何。

其芳同志早年以白话诗、以散文名世，曾用纤细、敏感的诗心，编织过孤独、寂寞而又感伤的梦幻。参加革命后，诗风为之一变，又曾高唱过明朗而欢快的"夜歌和白天的歌"。他有超常的诗人的才秉和气质，并对此有难得的自觉。他热爱诗歌创作，甚于他所从事的任何工作。他的审美化了的最高人生追求，就是能够自由地、真诚地去唱自己心灵的歌。然而为了革命的需要，他不得不放弃他最乐意干的事，去忙各种繁杂的行政事务，去从事学术研究和理论批评，去没完没了地批判别人并被别人批判。虽然在真正的学术研究和文学教育中，他也作出了举世公认的贡献，但自己却总是把不能继续写诗视为终生憾事，多年耿耿于怀。这是一种感伤的、无可奈何的，有时甚至稍含抱怨的思绪。它常常在他的诗文及序跋中自觉不自觉地流露出来。1964年，他在《效杜甫戏为六绝句》的最后一首"少年哀乐过于人，借得声声天籁新。争奈梦中还采笔，一花一叶不成春"中，流露的是这种思绪；多年后《锦瑟》二首中流露的，也还是这种思绪。

晚年，其芳同志虽然须发霜染，过早地显出龙钟老态，但却童心不泯，真情弥笃；魂牵梦绕的诗人情结，也更强烈了。这一切都转化成了"何当妙手鼓清曲，快雨飑风如怒泉"的绚烂理想。但这个理想，却仍像已往一样，只不过是纸上的东西。三个月后，他便遗憾地抱着它与世长辞，而"繁丝何似绝言语，惆怅人间万古情"的诗句，好像竟成了某种带有不祥暗示的谶语。

自其芳同志故世之后，愚人节这个在西方本是欢快而幽默的节日，每年都是伴着对这位敬爱的师长的怀念，以那样深沉的感伤，来到我的心里。我永远记住了这个异国的奇怪的节日。

愚人节过后，又是寒食，又是清明了，该到祭扫的时节了。谨以此文奉献在先师其芳同志的坟前：您的学生并没有随着岁月的流逝而忘记您，没有忘记那两首感伤的《锦瑟》诗，没有忘记自己是个真正的傻瓜。

圣火不熄

——悼念荒煤同志

荒煤同志辞世的噩耗，我在当天晚上就从老所长洁泯同志打来的电话中知道了。手拿听筒，半天说不出话来，总觉得这不是真的，总觉得他还活着，就在我们中间。

荒煤同志是我一向非常敬重的文艺界前辈。他从少年时代起，便冲进革命文艺运动的大浪中去，风风雨雨60余年，为革命，为党的文化艺术事业，贡献了自己全部的精力，至死方休。可以说，他的一生都是与革命文艺共进退、共荣辱的。

他喜欢火，火的意味，火的性格，火的理想；行文常举火为号，以火为喻、为象征。他的名字就蕴含了火的燃烧，标示了他的追求。前些年，他出过一本散文集，叫《荒野中的地火》，主要收录了他1980年代初在《十月》上连载的有关自己青少年时代的回忆。在序言中，他对这本书的命名作了这样的说明："鲁迅曾把30年代左翼革命文艺运动称之为'荒野中的萌芽'。而我有幸活到现在，看到今天如此蓬勃

发展的文艺运动，我感到这棵
萌芽已经成为一股喷薄而出要
烧却一切旧事物的地火了！
所以把本书定名为《荒野中的
地火》以志纪念和祝贺！"认
真想来，这《荒野中的地火》
的书名，岂不正好是他无意中
对自己本名所作的诠释？不仅
"荒野"二字取自鲁迅，就是
地火的意象，又何尝不是源于
鲁迅的名句"地火在地下运
行"！足见其受鲁迅影响之深
和对鲁迅的景仰之殷。然而
"四人帮"却在"文革"中
加罪于他，污蔑他"对抗鲁
迅"，陷他于不义。他的延续
多年的缧绁之灾，亦与这一强
加的罪名不无关系。这对他的
身心曾造成了极大的伤害，他
怎么可能去对抗自己深深敬重

陈荒煤先生

的鲁迅呢？据他后来回忆，就在当年鲁迅遗体奉安的那天，他还冒着被捕的危险，毅然从靳以的手里接过"纠察"的袖章，一路维持秩序，护送灵柩直到墓地。

荒煤同志最初参加革命文艺活动，正逢大革命失败以后的黑暗时期，这是一个特别需要火，需要光明的年代。共产党人被打进了血海，革命处于低潮。面对这低潮，伟大的毛泽东曾写了著名的《星星之火，可以燎原》。荒煤当时未必能读到这篇文章，但他却的确是抱着对火、对光明的热烈追求，走进革命队伍并加入共产党的。他最初的那些作品，不少调子都比较忧郁。自己说那主要是青少年时代过于贫困的生活经历造成的，当然也与那个昏暴而又压抑的历史环境分不开。不过这忧郁并没有使他消沉，而使他更加奋发进取，更加义无反顾地走上了对于黑暗现实进行反抗的革命道路。

荒煤同志是受新文学的影响而觉醒，而投身革命的，后来也一直在文艺战线上工作。文艺，就是他心中永不熄灭的圣火。他特别服膺鲁迅的这样两句话："文艺是国民精神所发的光芒，同时也是引导国民精神的前途的灯火。"不仅年轻时如此，并且老而弥坚。在上海，在武汉，在北平，在延安和其他根据地，在新中国成立后的北京，总之，在他生命历程的各个主要阶段，无论是从事创作和评论，还是从事文艺的领导工作；他都不愧为执火者。他既用这火点燃自己，也用这火点燃他人。

"文革"中的际遇，是他个人命运的最低点，低到当了多年的专政对象，坐了多年自己人的牢房。然而，弥天的"左"祸和说什么也不会想到的牢狱之灾，并没有冰结他心目中的圣火，反而使之燃烧得更旺，更炽烈，而荒煤同志本人也经历了一次精神的涅槃与人格的升华，变得更加坚定了、执著了。他重新恢复工作是在1970年代末，从他先是"左迁"接着受难的重庆回到北京，被分配到我们文学研究所主持工作。我是在这以后，才和他有了直接的接触，对他有了更多的了解。当时沙汀任所长，他任副所长。因为沙汀身体不好，不能管事，也基本上不来所，故一应大小事宜全由他操持，归他指挥。经过"文革"十年的反复破坏，这个由他的老战友何其芳一手创办起来的研究所已是满目疮痍，成了一个真正的烂摊子。业务有待恢复，规划需要制定，在两派互斗上变得空前紧张的人际关系必须缓解，冤假错案的甄别与改正尚未结束等等。家有千口，主事一人。这些"文革"中遗留下来的问题，都很具体，都很麻缠，都得由他领导着去解决。他没有辜负党对一位老同志的重托，没有辜负文学所职工的厚望，靠了对历史潮流的敏锐把握，特别是对在邓小平同志主持下制定的党的路线方针的准确领会，靠了自己的经验、智慧和热情，终于在思想解放的大潮中，把队伍带上了正确的方向，完成了这个科研单位的拨乱反正任务。

到文学所主持工作时，荒煤同志已是年逾花甲的老人了。脸色发黄，备受摧残之后的身体，似乎还没有完全恢复。因为工作过于繁忙，而他又过于认真，所以也偶尔显出几丝倦意，然而金属镜框后的眼神，却始终是坚毅的，不知疲倦的；稍加留意，则不难发现那于沉思、探究中不时闪动着的火花。这使他显得真诚、热情，让人愿意接近，感到放心，不必设防。

那时，我是很有些委屈的。因为父亲在"文革"中的冤案，所里便有人以此为口实，对我进行株连，整得我要死，直到荒煤同志来所主政，还没有个"说法"。记得我曾找到他倒过一次"苦水"，希望他能主持公道，按照党的政策，根据我的具体情况，作一个实事求是的结论。他态度严肃，认真地听，很少插话，只是不太清楚的地方偶尔提问，也间或做点记录，但却始终没有明确表态。这使我颇为失望。我很难掩饰自己的焦急和不安。他一定从这焦急和不安中看出了长期压在我心头的暗影，便用温和的语调说，事情总会搞清楚的，要我放心，不必过于着急，还讲了一些别的宽慰的话，口气是亲切的，流露着出自内心的长者的关怀。于是我想，也许由于他新来乍到，许多情况都还不十分了解，再加上"文革"中我们原学部的问题相当复杂，他不得不取谨慎态度，明确表态诸多不便。后来的事实证明，他对我是很不错的。比如借调我到院写作小组的事，便是他给开了绿灯放行的。他根本不把那些曾经加在我身上的可怕罪名当一回事。

20世纪70年代末到80年代初，正是新时期文学的早期阶段，文坛上阴晴不定，乍暖还寒，背阴处不时有"左"的冷风蹿出，新起的创作潮流常常受到干扰和非难，在嫩苗上驰马者亦大有人在。荒煤同志与周扬、冯牧、严文井等前辈一起，以他们的影响和声望，带领当时的一批中青年理论批评家，对新起的以"伤痕文学"和"反思文学"为主的潮流，给予了充分的肯定，热情地为那些受到非难乃至压制的新秀们呐喊、辩护。那个时期，在一些新作的研讨会上，常能听到他仗义执言的声音；在许多重要的报刊上，常能读到他提倡人性、人道主义和艺术民主的文章。他对新人新作的肯定是由衷的，令人感动的，但同时又是严格的，有所批评，有所引导与匡正。而他对一系列重要理论的阐发，则包含了他真诚的反思，而显得格外深挚，不仅以理服人，而且以情感人。他是新时期成长起来的那一批作家的共同的老师。其实，何止新时期，早在20世纪30年代末，他就曾执教于延安鲁迅艺术学院。如果从那时算起，该有多少代文艺工作者出其门下，该有多少人出自内心地称他老师？

李商隐曾有"平生风义兼师友"的名句，作为前辈，作为执火者和新人新作的扶持者，荒煤同志是师长；但他又以平等亲切的态度对待晚辈，所以又是朋友。近些年，无论是为人作序，还是参加一些作品的研讨会，凡是他认为确实存在的缺陷与不足，都会不加隐讳地提出批评，提出恳切的建议，然而却从来不强加于人，总是以和婉的、商量的口吻，绝无居高临下的训诫。记得有一次在文采阁讨论两位福建年轻作者写的一部长篇，他事前认真地从头至尾读了作品，对于其中一些并非必要的情欲描写有不同看法，讨论时提出来商榷。说他一般并不反对情欲描写，关键是笔墨是否干净，是否有节制，有分寸，为总体构思特别是人物性格刻画所必需。他还批评了电影创作中的某些乱加床上镜头和以"脱"、"露"迎合观众的不健康倾向。因为他的建议是商量的，探讨的，而又切中肯綮，所以不仅两位年轻作者心悦诚服，就是包括我在内的所有与会者，都觉得很有启发。

荒煤同志之受人敬重，被晚辈目为师友，主要在"风义"二字，晚年尤其如此。经过"文革"炼狱的受难，他似乎获得了某种彻悟，与"左"的和极左的一套进行了决裂，这种决裂也包含了对自己心路历程和文艺思想的反观。我曾在几个不同的场合听到过他对自己"文革"前一些文章中简单化毛病和"左"的观念的自我批评。这使我非常感动。于是我想到了"君子之过也，如日月之食"的古训，明白了什么才是真正的襟怀坦荡，而那些什么时候都把自己打扮成一贯正确的角色，其实不过是些卑琐的小人，不足与言襟怀的。

为晚辈作序，是一件功德无量的事，却也是做"人梯"的苦营生。在一次座谈会上，我就亲耳听到荒煤同志，还有冯牧同志，诉说他们为人作序之苦。几十万字的稿子，从头看到尾，对于上了年纪的老人，绝不是一件轻松活计。这里固然有先睹为快的乐趣，发现文学新人的乐趣，却也不无"苦恨年年压金线，为他人作嫁衣裳"的苦涩。碰到有些年轻人，不解个中艰辛，不体谅作序者的一番苦心，携序一去，则黄鹤不返，"润格"杳然，消息断绝，连样书也不给一本。

作为一位在文艺战线上驰骋60余年，而又饱经沧桑浮沉的老战士，荒煤同志的心里，只有晚辈、青年和文艺事业的未来。1996年9月25日听到他病危的消息，我赶到北京医院去看望他。他已经昏迷、气息奄奄，正在抢救。据守在他身边的女儿说，他是先一天的下午完全昏迷过去的。直到昏迷前，还在惦着一位作者的电影剧本的修改，念叨着具体的修改意见，并且为如何筹措拍摄资金而操心。听到这里，望着病榻上深度昏迷已经不能说话的垂危之躯，我百感交集，泪水模糊了眼睛。

荒煤同志把他的最后一本评论集定名为《点燃灵魂的一簇圣火》，他说，这样取名，是想要"借此表达我一点真诚的心意，但愿文学事业还将是点燃青年们灵魂的一簇圣火，鼓舞青年朋友们更加豪情壮志地向新世纪迈进！"。

只要这簇圣火还在燃烧，荒煤同志就不会被忘记，就会活在晚辈、青年，以及读者的心里，活在他终生为之献身的事业中。

圣火不熄，荒煤永存。

追念钱锺书先生

最早知道钱锺书先生学问的博洽渊深，是从我在西北大学读书时的一位老师，刘持生教授的口里。那时我也就十七八岁，刘老师给我们讲文学史的先秦一段，他讲屈原《离骚》的"摄提贞于孟陬兮"一句，考证"摄提格"，就花了整整一个星期的文学史课时。他是当时我们中文系公认的博闻强记的老师，毕业于国民政府时期的南京中央大学。他说，他的学问比起钱锺书教授来，简直不足挂齿。钱先生通五六国文字，能读、能

钱锺书先生

说、能写作；读书极快，而且过目成诵。28岁就留学英、法回国，被清华大学破格聘为教授，这在当时是极为罕见的。刘老师是钱先生的崇拜者，用今天通行的词语来形容，就是"粉丝"。我们崇拜刘老师，被我们崇拜的刘老师崇拜的人，当然更会让我们崇拜。其实是多少有些盲目的，说盲从老师也可以。正因为弱冠之前就有这样的影响，所以20世纪80年代，当舒展以"文化昆仑"称谓钱先生时，我也就觉得本来早该如此。

我是在文研班毕业后，由何其芳、唐弢两位师长留到文学所工作的，报到时间是1963年的10月底。记得报完到，代表组织和我谈话的是高个子的葛涛。她拉长面孔，很严肃地问我："你到文学所来，到底是要做钱锺书，还是要做何其芳？钱锺书的道路是白专道路，何其芳的道路是又红又专。"我知道，就在我考取研究生的前一年，即1958年，全国高校和文化学术单位曾经搞了一次"拔白旗，插红旗"的以著名知识分子为对象的学术批判运动。我在西北大学的老师傅庚生教授就被拔过"白旗"。我猜想：文学所也肯定有过类似的运动，运动中肯定把钱锺书等名家作为"白专道路"的代表。我知道，葛涛等着我的回答只能是"做何其芳那样的专家，走又红又专的道路"。这在我并不难。因为其芳同志是我的恩师，是所长，又是拍板调我到文学所来的人。但我有自知之明，何其芳不是想做就做得了的。至于钱先生，虽然被当作"白专"的代表，但他是我崇拜的刘持生老师崇拜的偶像，"不做钱锺书"的话我说不出口。于是灵机一动说："我们研究班的集体笔名叫马文兵，我是马文兵的成员之一，当然要做马克思主义文艺理论战线上的一个小兵！"巧妙地绕过了她给出的二者必居其一的两难选择题。她到底没有我脑子转得快，不能说我回答得不对，只好那么的了。

记得和我同住一间集体宿舍的兄长式的樊骏，也在我来所不久问我："你的奋斗目标是成为怎样的专家？"樊老兄的问题没有葛涛问题的政治倾向和意识形态色彩，我也以回答葛涛的那个答案当之，即做马克思主义文艺战线上的一个小兵。樊骏说："你这样讲太抽象了！"我说，我明白你的意思。但文学所的那些专家个顶个的都是一流学者，不是我想做就做得了的。可笑的是在"文革"中，俞平伯、钱锺书这样的专家都被打成资产阶级反动学术权威，批斗会上竟然有人发言说："我们就是要把你们这些资产阶级反动学术权威批倒批臭，否则我们也会变成你们这样的资产阶级反动学术权威！"我心里觉得好笑：变成资产阶级，可能；权威，则未必！

我到文学所不久，便根据其芳所长的安排去山东黄县参加劳动锻炼，接着又先是在山东海阳，后是在江西丰城参加过两期社教，等回到文学所，"文革"的浩劫便开始了。何其芳作为"走资派"被打倒了，钱锺书先生也作为资产阶级学术权威开始了厄运。他住的那套房子，也被强行划出一部分，给另一户同所的年轻夫妇住。住室逼仄，条件恶化，让钱先生老两口很受了些挤兑之苦。

钱先生是最早随文学所到"五七干校"的。我们先到罗山县原先一个劳改农场的地方住下来，种完麦子，已是冬天了。钱先生属于老弱一类，不能干重力气活，于是分配他和吴晓铃先生负责烧锅炉，供应大家喝的开水。锅炉摆在当院，北风一吹，水很难烧开。烧水的活儿虽是不重，但没完没了，熬人。文学所百十口人，再加上家属，都要喝水。还有人不自觉，偷偷接了水洗洗涮涮，这就更增加了钱、吴两位老先生的苦累。虽说两人可以轮换着干，但用完一锅又一锅，一天下来着实累得够呛。到锅炉打水的人，总见钱先生无奈地阴沉着脸，鼻翼两侧常见因填煤捅炉子留下的黑晕，一副周仓相，只比周仓多了眼镜。有人说怪话："所有打水的人，都是钱先生的敌人！"敌人倒也未必，但钱先生也确实高兴不起来。即使在这样艰苦的条件下，我还是见钱先生在添满水，加足煤以后，利用水未烧开的这个空间读书。那都是外文原文的辞典之类，比砖头还厚。我当时想，这才真叫"手不释卷"。在平静的日常环境下，做到手不释卷，已属不易；而在这种厄运中，仍能坚持手不释卷，则尤其难。每当这种时候，我都肃然起敬。

学部大队人马陆续下来了。"干校"的地址最终选定在息县的东岳集西北，占地15000亩。文学所编为第五连，从罗山迁到东岳集。钱锺书先生负责收发，每天到校部所在的"威虎山"，把报纸、文件取回来，把连里的信件送出去。这个活儿，比起在罗山的烧锅炉来，轻省多了，钱先生的脸上一扫罗山那个冬天的无奈与阴沉，有时也会泛出些许笑意。这个阶段，钱先生的夫人杨绛也从其所在的外文所下来了，杨先生常到钱先生的收发室来。杨先生后来写的著名散文《干校六记》，就是这段生活的写照。不过，我还是常看到钱先生抱着那本比砖头还要厚的辞典，攻读不辍。

1971年，学部"五七干校"离开息县东岳集，搬到信阳附近明港的一座军营里。钱先生和我们一起，住在一栋阔大的营房里。他的铺位在离房门不远的紧靠东南角上。那是"9·13"事件以后，时令已届初冬。钱先生的哮喘病犯了，常常喘得似乎透不过气来。明港也没有什么特效药，只好那么拖着，迁延着。房子大，冬天冷，钱先生的床上经常挂着蚊帐，好像这样会稍许暖和些似的，至少精神上会给人这样的感觉。

有一天学习中央关于林彪集团材料的文件，其中有黄永胜引用唐代章碣的《焚书坑》："竹帛烟销帝业虚，关河空锁祖龙居。坑灰未冷山东乱，刘项原来不读书。"大家都不十分清楚"祖龙"的典故，问吴晓铃教授。吴晓铃想了半天说："可能是指秦始皇吧……"不十分确定。这时，只听见东南角床帐里传出钱先生因哮喘而稍显沙哑然而苍劲的声音："这个典故出于《史记·秦始皇本纪》，即秦始皇东巡返程死于沙丘宫那一年，有使者从函谷关以东回来，路经华阴平舒道，有人持玉璧挡住使者说，你把这个送给高池君。接着又说：'今年祖龙死。'祖，始也，龙指人君，祖龙即指秦始皇。"这些话是钱先生边喘边说的，说完，又很厉害地喘起来。我后来查了《史记·秦始皇本纪》的原文，确如钱先生所说。这就让你不能不佩服他超强的记忆力。因为到明港军营，只要有空他仍读那本砖头样的外文辞典，手头并无《史记》一类的中国古代典籍。

从"干校"回京后，钱先生老两口在干面胡同的住所，因鹊巢鸠占，而只能暂时栖息在办公室里。我们同住七号楼，我和樊骏仍住楼上原先的一间办公室里，住宿兼办公。钱先生住在楼下最西头的一间与我和樊骏的集体宿舍同样大小的屋子里。

那是1976年的年末，我刚从陕西老家为父亲奔丧回来。我们家在农村，弟妹多，本来生活就拮据，"文革"中又遇上灾劫，加上父亲的病故，就更困难了。有一天我外出散步回来，在学部大院靠长安街一侧墙外的人行道上，正好碰见一同出来散步的杨绛先生和钱锺书先生。他们总是这样出入相随，形影不离。我向他们二老打招呼问好。他们叫住我。

钱先生说："听说你父亲刚去世，你困难不困难？"那时我每月工资只有62元，又刚办完父亲的丧事，当然困难。但我没有直接这样说，而是不留意看不出来地点了点头，表示了默认。我以为这只是他们表示长辈对后学的一点关心，问问而已，心里很是感激。谁知接着，杨绛先生也非常亲切地说："钱先生的意思是说，我们知道你很困难，家里又出了事，我们想帮帮你……"钱先生接着说："我们比你宽裕，那些钱不用也就在那里放着。"原来两位老人是要把钱给我，帮我纾解眼下的经济困窘。

我眼圈一热，泪水差一点夺眶而出。我想，眼前的这位老人比我的父亲还年长一岁，他生于庚戌年（1910年），我的父亲生于辛亥年（1911年）。那些年他和他的家人，都遇到了巨大的灾难。他们的爱婿含冤而死，女儿寡居，他们早已年逾花甲，却连一个稳定的住处都没有。我正年轻力壮，即便有困难，也不能用老人的钱。便说："谢谢二老的关心。真的拉不开栓了，我会找您俩借的。"

我赶快逃跑似的告别离开，一扭过头，眼泪便再也忍不住了，哗哗往下直淌。我虽然婉谢了他们二老的赠予，但却终生铭记并感激他们对作为后辈的我的一片关爱深情。

今年的11月21日，就是钱先生一百周年诞辰的纪念日了。我又想到那本砖头厚的外文辞典了。谨以此文致祭于他老人家的在天之灵。

（2010年7月16日于六砚斋）

往事如烟

我1958年西北大学中文系毕业，当了一年助教。1959年考进中国人民大学"文艺理论研究班"，学了四年。1963年分配到中国科学院文学研究所。然后下去搞"四清"。最后一次从江西丰城搞"四清"回来，老所长何其芳已被打倒了。从1963年到1976年，整整13年，我没写过文章。倒是写了不少大字报，还写检讨。知识分子不断挨整，是逃不掉检讨的。我的检讨写得洋洋洒洒，诚恳而又熟练。当时就有人建议我到上海摆摊儿，挂一块招牌：代写各种检讨。这一辈子写的各种检讨加起来绝对比我的著作字数要多。我们所下"干校"的事说来话长。

1968年工军宣队进驻上层建筑。学部当时2000多人。文学所103人。不算工人，光是部队就进驻了一个建制营，然后各所成立了"大联委"。

1969年11月15日，学部"五七干校"首批人马出发去河南罗山。文学所是"连锅端"，全部下去了，准备在那里安家落户。我们文学所是第五连，我是副连长，管生产，管干活，因为我是农村出身的。工军宣队随同下去，后来工宣队撤了。我们学的是柳河"五七干校"的经验。我当时丝毫没有怀疑"干校"的正确性。

文学所知名的俞平伯、钱锺书、何其芳等都下去了。俞平伯还带着他的夫人"大表姐"。俞平伯有一段日记是这样写的："上午发言。到所里来，表示赴'五七干校'之决心。下午宣布全所移河南信阳罗山，办'五七干校'。学习班结束。下午回家。15日2时30分，携妻离老君堂寓。到所集合，乘大轿车同赴车站。"我想，俞平伯老先生写"离老君堂寓"这几个字时，肯定是很有感触的。老君堂是俞家祖寓。俞家最有学问的人物是俞樾，他是清代学术史上重要人物之一，俞平伯之母曾说，"到平儿，俞家五代书香"。就是从俞樾算起的。老君堂俞宅分正院、偏院。有几十间房子。俞平伯住正院，偏院是他家的书房。"文革"以前，逢休息日，他常请朋友到西院唱昆曲。"文革"中，他从正院被赶出，住进矮小的书房。那年五六月，老君堂院中的马樱花绽开粉红的花朵，这种花又叫合欢花。这时，俞老从偏院的墙头，看到马樱花开，便写了《七绝》一首：

先人书室我移家，
憔悴新来改鬓华。
屋角斜晖应似旧，
隔墙犹见马樱花。

这首诗后来在牛棚难友中传阅时被发现，把他斗得够呛。说他记了"反革命变天账"。

写一首诗就是"变天账"。诗书对于知识分子似乎都成了致祸之累。下干校前，很多人觉得没指望了，把书都卖了。离开自己的书，是很痛苦的。那时我的爱人在陕西，我单身一人在北京。原想带她一块儿下去安家落户，但她们工厂不同意，说工人阶级不下"五七干校"。我有两架书，来之不易，舍不得卖，把书存在亲戚家了。那时卖书，小本八分一斤，大本一毛五分一斤，报纸三毛一斤，外文精装书还不要，得撕了皮才行。也不乏远见的聪明人买书，几块钱就能买一套《资治通鉴》。

下"干校"时，我们先到河南信阳地区罗山县落脚。那地方原来是劳改农场。我们就住在劳改犯住过的房子里，打地铺。11月中旬，天已经很冷，又补种了一些麦子。何其芳随身携带的最重要的用品是一个大白茶缸。从刷牙喝水到吃饭，他都用这个大白缸子。信阳出水稻，有水塘养鱼，食堂有时也买鱼吃。一次，给大家改善伙食，每人一份连鱼带汤的烧鲢鱼。何其芳仍然用他的大白缸子装了一份。吃着吃着，越吃味道越不对。吃到最后，发现下面有一块香皂！这成了何其芳有名的故事。我也有个故事。因为罗山水塘多，大家经常到水塘边洗脸洗脚洗衣服。有一次我去一个原是粪坑的池子里洗过东西，于是文学所调皮的"校友"用何其芳的故事和我的故事编了一副对联，来取笑我：

何其芳牙缸吃肥皂越吃越香
何老别粪坑洗屁股愈洗愈臭

没有横批。我自己可以加一个：香臭不分。"老别"也有典故。"文革"中，造反派写我的大字报说，"有个别别有用心的人……"云云。所里有个蒙古族同志，叫仁钦·道尔吉，他的汉语不太标准，说这句话时结结巴巴："我们有，有个别、别、别有、用心的人……"于是有人叫我"何别别"或"何老别"。

刚下去时，钱锺书、吴晓铃烧开水。这两位是有名的大学问家。钱老著有《围城》《谈艺录》《管锥编》等书，吴老是新中国成立后出版《西厢记》最早注本的注者，戏剧专家。让钱老和吴老成天围着锅炉烧水，烧得"两鬓苍苍十指黑"，真是糟踏斯文，斯文扫地！而且，冬天的北风老往炉膛里灌，水老烧不开。里头加热，外头加冷。还有人不自觉，去打热水洗脸洗脚，这种时候两位老人就会用充满"忿恨"的眼光盯着这些人！

我们驻地在离罗山县城十多里地的地方，只呆了几个月时间，又从罗山搬到息县东岳公社。在那里划了一万多亩地。学部各所都去了，集中在一起。我们先到东岳，五连把俞平伯夫妇暂时放在包信集。包信集连着息县通往新蔡的公路，公路穿街而过，可能是为了让他们方便一点吧。

到了东岳，一方面建校，盖房、种地、烧砖、打坯，劳动强度大；一方面清查"五·一六"，学习、审查不断。那时钱锺书管收发。我们写了大字报，还拿去让钱先生抄。有一次，他看了我的大字报稿，说，你这个不通啊！你这里逻辑上有错误。他指出我的逻辑之错，我当下就接受了，改了。盖房要脱土坯，每块土坯三四十斤重，用锹把泥甩进坯模，女同志拿板条抹光，然后晒干。我们这样的人哪会盖房？盖的房哪会不漏？一到下雨，房子里都拉起塑料布，五颜六色的。

　　那里地特别多，我们看到的，就是一片一片地里，一个个空荡荡的水围子。所谓水围子，就是每户人家在小院外，挖一条围沟，像护城河似的。水围子里面住人，围沟的水中，一般养些鸭子，种水浮莲，给猪做饲料。因为三年困难时期的"信阳事件"，人家没有了，所以水围子外是田，水围子里也是田。房子早已塌倒或翻掉了。有的地方连废墟都没有，是平地，辽阔无边的平地。我们就住在残存的水围子里搞猪圈，以为水围子可以挡住猪。何其芳和另一个同志在水围子里养猪。但殊不知猪会游泳，常常半夜猪就跑了。何其芳就打着手电找猪，追猪。有时下雨，他和那个同志穿着雨衣雨鞋满地找。他写了《养猪三字经》，还常说"猪忧亦忧，猪喜亦喜"。这句话成了何其芳干校养猪的座右铭，很有名。可见，他的确是虔诚地下去改造自己的。

　　不多久，俞平伯跟他的夫人一起又搬来东岳，住在老乡家。老乡的房子很破，屋子里也很简陋。俞平伯在这里干点轻活，搓麻绳，用来捆秫秸。因为我们盖的那种房子，没有椽子，只有檩条。就用麻绳捆住秫秸秆，捆成又粗又长一条一条的秫秸把子，搭在檩条上，再上瓦或不上瓦涂上泥搭别的东西，作为支撑。俞平伯搓麻绳，可说是一丝不苟。他跟何其芳一样，虔诚地劳动，虔诚地改造。他对自己的"搓麻"工作，有抒情诗为证：

> 脱离劳动逾三世，
> 回到农村学绩麻。
> 鹅鸭池边新绿绕，
> 依稀风景顶还家。

另外，他还有一首《邻娃问字》：

> 当年漫说屠龙计，
> 讹谬流传逝水同。
> 惭愧邻娃来问字，
> 可留些子忆贫农。

"屠龙"为典故，指学的本事没用。说是那些自以为了不起的本事，都如讹谬一样过去了。

俞平伯的自我改造意识还是明显存在的。他愿意接受毛泽东的批评。"文革"前有一次我到老君堂去看他，他把写在花笺上的一首诗给我看了，是在"十竹斋"花笺上写的。我只记得其中三句：

炙背夕阳面壁居，

……

毛公指点分明甚，

悔不当初细读书。

20世纪50年代批判了他。60年代他也并未想翻案。"毛公指点"句和"漫说屠龙"句，意思是相同的，是愿改造的。这首诗他的遗诗集《俞平伯旧体诗集》未收。

俞平伯在东岳住在水塘边，那个水塘很脏，不是清水，水泛黄绿色，很深。洗衣、洗菜，臭烘烘的。池塘边，有几棵苦楝树，春天开一种淡蓝色的小花。淡蓝色在春天，在破草房子和臭水塘边，十分夺目，当是宜人的春色了。俞平伯又来诗兴，写了《楝花二首》：

一

天气清和四月中，

门前吹到楝花风。

南来初识亭亭树，

淡紫英繁小叶浓。

二

此树婆娑近浅塘，
花开花落似丁香。
绿荫庭院休回首，
应许他乡胜故乡。

故乡还是他在北京的家。到后来，"干校"实在没什么可做的，就让俞平伯夫妇先回了北京。他们已是60多岁近70岁的老人了。在"干校"一年多，不容易。

这就是当年的俞平伯。

也许，东岳镇上像这样斯文儒雅的老头儿不少，于是一首童谣流传甚广，在穷乡僻壤，是最高的"黑色幽默"：

高级点心高级塘，
高级老头蹲茅房。

有一位20世纪三四十年代就到了延安的老同志，女儿患了精神病，军宣队不批准走，却让她来连里请假。那时军宣队统管一切，说不同意便无法办了。她来找过我请假，我说，上边说了不行，我不能批啊。为此她一定还恨我。

其实我也一样惨。我爱人在陕西第二印染厂，工作劳累，身体虚弱，心动过速，常常昏倒在车间。有一次她抱着病了的女儿上医院，昏倒在大马路上，让行人救起，送回家。厂里发来了电报，要我立即回去。但军宣队说我是干部，要带头，不准我的假。我绝食两天，才给了我四天假，路上来回三天，我在家只待了一天，算是见了她一面。她心脏不好，又有关节炎，工作还三班倒。第二天我走的时候，她哭了。从西安到郑州到信阳到东岳，我眼前不断晃动的，都是她那满是泪痕的脸。

有一次，我们去挑化肥。我挑180斤的担子，从东岳到干校，好几里路，就这样挑着走着，突然失去知觉，眼一黑就倒地上了。醒来时，扁担还压在肩上。我有胃病。捂着肚子干活，整整三年。我们"干校"还有一个砖窑，自己脱坯烧砖。装砖坯上窑，推车上窑顶坡度大，活累不说，灭火之后，窑还未全凉下来，烧的砖还是热的，就往外背。我扛360斤的黄豆袋，四个人抬到我肩上，走跳板上粮仓，倒进去再下来扛。我的月粮食定量是66斤，平均每天两斤多。五连有人诙谐地说："到底是毛驴儿劲大，还是何老别劲大？"

1971年初，"干校"搬到明港军营。专搞清查"五·

一六"的运动，盖的房子、仓库都交给公社了。到明港已没有生产任务。运动搞得轰轰烈烈。在军营，连长指导员们住一间小房，就是连部，算是宽敞的。大部分"五七战士"和一些带家属的，都住大营房，用苇席隔开。单身汉集体住，地盘大一点。一家一户的，各自隔开。那里吵架说话解手什么的，都听得见，没有任何隐私。文学所的余冠英余先生，是著名古典文学学者，《诗经》《三曹诗选》《乐府诗选》的选注者，全家也住这样的房子。一天晚上，他似乎老听见摇扇子的声音，就骂他老伴，"天没这么热，干吗老摇扇子？"他一骂，就没动静了。过一会，摇扇似的声音又响起来。原来是床板在噗嗒噗嗒响，是来探亲的。仅一席之隔，无法消声。余先生便戏称："海豹！海豹！"

那时过的几乎是禁欲式的生活。但人的七情六欲是无法监禁的。有的单身男女不愿禁欲，外面高粱地，也是一个幽会点。

1971年"九·一三"事件之后，我对整个"文化大革命"产生了很大的疑问。以前我从没有想到上面还会犯错误。一有什么，我总想是不是自己有问题。我们五连100多人，打了20多个"反革命五·一六"。我说根本不可能。对此我是不赞成的，跟军宣队有很大分歧。而且把这些人也弄得很可怜。所以我尽量缓冲。

清查"五·一六"时兴办学习班。而有的人在里面也乱咬，使保护他的人都受到怀疑。后来就有人怀疑我是"二套班子"。要你去清查别人，还有一些人秘密地在清查你。因为我认为，没有那么多反革命，最多有一两个。就有人说我在"五·一六"问题上搞"一风吹"，想整我。我说，20多人的交代，没有一个人的两次交代是一样的，没有两个人说的同一件事是一样的，能对得上吗？他们秘密调查我，连我的家乡都去了，但始终没有公开。真所谓："螳螂捕蝉，不知黄雀在后！"

"九·一三"事件之后，清查运动没了劲，大家逍遥起来，下稻田钓鳝鱼，用蚯蚓做钓饵，穿在自制的钓钩上，鳝鱼贪嘴，咬住就不放，好钓得很，我们半天能抓一桶。回来拎住鳝鱼尾巴，使劲往地上一摔，死了，就开剥。到了后期，又一天到晚尽做煤油炉子，营房里敲得叮当叮当，像作坊一样。那做法是先在废罐头盒上打眼，大小两个罐头盒一套，穿上棉纱线，就可以做土煤油炉了。用来烧煮东西，改善生活。

干校生活很单调，只准读《毛泽东选集》和马恩列斯著作以及报纸文件。《红楼梦》都不让看。军宣队说《红楼梦》是黄色小说。钱锺书带了几本比砖头还厚的外文辞典，一有工夫就看。辞典是工具书，看辞典，不会犯哪一条禁令。

本来陈伯达要学部干校"就地解散"，因此，留在北京的房子都被宣传队和别的单位占了。后来还是周总理说了话。他说，把这么些人组织在一起不容易，就地解散好办，但重组这样的单位，再招集到一起，就难了，还是回来吧。于是1972年7月，学部干校终于停办，全体回到北京。

"文化大革命"就是群众斗群众的运动。所谓"改造"，就是整人，效果是适得其反。平心而论，知识分子不是没有问题，不是没有各自的弱点，也不是不要改造，但是改造应与所有人一样，必须平等。几十年来的所谓"改造思想"，其实在多数情况下都带有歧视性，因而在方式上往往是去丑化知识分子的人格，去摧毁他们的尊严，去侮辱他们。

以何其芳而论，当年他一到延安就改造自己，完全忠诚于《在延安文艺座谈会上的讲话》所确立的文艺路线。一辈子都在改造，最后还是把他划为"资产阶级知识分子"。以我之见，新中国成立以来，以对知识分子歧视、戒备为出发点的所谓改造，是有偏颇的。马克思主义也不是这样主张的。马克思说，在改造客观世界的同时，要不断地改造自己的主观世界。两方面都要改造，缺一不可，对所有人都一样。为什么偏偏只有知识分子才需要改造呢？同时，让没有文化的人，不讲文化不懂文化的人，整治文化人，这是很荒谬的。对知识分子不仅搞了一次又一次的政治运动，还搞了文字狱。批胡风，打右派，拔白旗。上大学不是看学问，而是看手上的茧子。"白卷考生"居然大摇大摆地"上大学，管大学"，还要扫荡所谓"师道尊严"，都是很可笑的。历次改造知识分子的政治运动，已被历史证明，没有哪一次是正确的。而"五七道路"，肯定是一条错误道路。对于这个错误，当然要做一点区分。就好比"上山下乡"一样。虽然从总体上，一方面上说，"五七道路"是错的，但当我们这些被赶下去的人受够了苦，糟透了罪，回过头来看时，那一段经历并不是毫无收获。但这种收获只是从"坏事变成好事"，从吸取教训的角度讲的，而且这些收获是在惨烈背景下获得的。"五七干校"创造了什么价值呢？为人民做了什么好事呢？没有。

毛泽东说过，从旧学校培养出来的知识分子，他们的世界观基本上是资产阶级的。我们是从共产党领导的新学校里出来的，把这种学校也归入"旧学校"，我想不通，更想不通的是我们同样得承认自己是"资产阶级知识分子"。那做了共产党员的知识分子该怎么讲呢？如果说共产党员是无产阶级的先锋分子，那么党员知识分子岂不是成了有知识的无产阶级的资产阶级先锋分子？讲得通吗？我想如果把这句话说给钱锺书先生，他肯定会说，逻辑错误。

往事如烟，又不完全如烟。干校问题，连同过去几十年来整个的知识分子改造问题，从理论到实践，都该做一些认真的反思，否则就是白受了那么多苦。"文革"之后的一大进步，就是人们——也包括几代知识分子在内——变得不那么盲从了，有了一点独立的人格。这正是希望之所在。

（此文由何西来口述，贺黎实录，后经本人补充、查对材料，并对文字进行了润色与加工。）

并非不必要的补遗
—关于俞平伯先生的"书生气"和"书生诗"

曾在研究所的一次学术讨论会上，碰到朱寨先生。他拿出一篇自己在《随笔》上刊出的作品给我看，题目叫《俞平老的"书生气"》。不长，很快便看完了。文章亲切朴实，很有资料价值。

俞平伯先生在"文化大革命"中被打成"反动学术权威"，朱寨被打成"保皇派"，都是"牛鬼蛇神"，因而被关在文学所的"牛棚"里"改造"。所谓"改造"，无非是每天举着"红宝书"，向"红太阳"的"宝像"请罪，不断地写书面材料交代"罪行"，接受"红卫兵"及"革命群众"没完没了的批斗，还要干一些"斯文扫地"的活计，如打扫厕所等。由于相近的、被"改造"的命运，使他们得以朝夕相处，有了比以往任何时候都要多得多的接触，可以称得上真正的难友，或如批判者所说的"难兄难弟"了。因此，朱寨笔下文字，也就特别传神。

俞平伯先生

俞先生一向为人真率，虽历经劫难，依旧是"质性自然，非矫厉所得"。即使在"文革"那样一个上上下下不知多少人信奉"政治斗争无诚实可言"的阴谋年月，他也心口如一，不改夙心旧习，显得"书生气"十足。朱寨文中所记、所说，正是从这个特殊角度着眼的，因而提供了不少有趣而又翔实的传记材料。

"书生气"在我们日常语言中，大抵是指读书人的不达世情，不知变通，不会钻营，昧于生计，而又书生意气，认死理，钻牛角，机会来了不敢上，危险临头不懂得跑，等等。"书生气"的行为，往往显得可笑，可气，甚至可悲，但却绝不会可鄙，可憎。因为这种气质，虽入贬义，却更接近人的本真。它不饰伪，不设防，所以，无论表现得多么乖张、荒唐，总有那么一点可爱的，可以被原谅的东西。

"书生气"是只有某些书生，即知识分子才会有的，不读书，不看报的军阀、党阀、地痞、流氓、恶棍、政客们大约不会有。在中国，"书生气"并非书生们的致福之本，倒常常是他们的招祸之由。不要说阴谋，"阳谋"、"引蛇出洞"、"放长线钓大鱼"之类的"部署"、"策略"，会使他们防不胜防，要付出惨重的代价，就是政客们略施小计，或翻云覆雨，或深文周纳，或罗织"上纲"，也会给他们带来不尽的麻烦。搞不好一样翻船。俞先生就是这样。

他的"书生气",虽然很使他触过一些霉头,栽得几个跟斗,却也因为始终不改其真率、通脱、旷达的本性,反而给他的诗文带来一种实话实说,不假雕琢的天然意趣。所谓"书生气"即属此类。

偶然在邵燕祥那里看到一本四川文艺出版社出版的《俞平伯旧体诗》,竖排线装,印制颇为精美。诗是分古、近体,按编年排列的。抒情、咏物、纪乐、赋愁,都能从中看出一位不失其赤子之心而又"书生气"十足的俞平伯来。但我翻检数遍,却发现"文革"前后的十来年是空缺的。其实,就我所知,俞先生那些年虽在难中,也还是偶尔写点旧体诗的。其内容,当然是"饥者歌其食,劳者歌其事",离不开他的受难,他的"牛棚"生活,以及他在这种生活中的真实体验。

"牛棚"有"牛棚"的立法,管制很严,"只许规规矩矩,不许乱说乱动",至于写诗言志,当然更属非法。当时在"牛棚"里和俞先生一样,也偶尔技痒,吟两首"黑诗"的,还有一位荒芜先生。他比俞先生年轻,也是书生一个。不同的是,为人更见锋芒,1957年曾因《太监》《早市》等杂文,而被定为"极右分子",受过很多苦。他们的诗写成后，只是悄悄在难友中间传看。高兴时会心一笑，伤感时陪几滴眼泪，看完，则扔掉拉倒，谁也不会想到留之名山，或传之后世。因此，俞先生难中到底写过多少诗，没有人能说清楚。

只记得有一次，大约是因为书生们过于大大咧咧，传看不慎，俞先生的两首绝句，荒芜的一首七律，竟落入了管教人员的手里，这可闯下了弥天大祸。他们的诗，被作为"反革命黑诗"，拿到全所大会上去"示众"，人则被斗得死去活来。荒芜的诗，因为有"莫道低头非好汉，而今扫地书斯文"一类刺激性语言和"悖逆"性情绪，加上又挖苦了"牛棚"的女管教，说是"霸上棘门皆儿戏"，"亚夫原是女将军"，于是被认为"特别恶毒"，"反革命气焰特别嚣张"，免不了一顿臭揍。俞先生年纪大了，个头矮小，身形单薄，站在那里颤颤巍巍的，风一吹就能倒，哪里经打？虽说免了一顿老拳，但也被"触及灵魂"，斗得够呛。他的诗无题，是这样两首：

其一

先人书室我移家，
憔悴新来改鬓华。

屋角斜晖应似旧,

隔墙犹见马樱花。

其二

未辨饔飧一饱同,

黄棉袄子热烘烘。

并三椅卧南窗下,

偶得懵懂半忽功。

俞先生的住处在朝阳门内南小街。这是一座古老的宅院,自俞曲园以来,俞家五代书香,在北京,都住在这里。共有十多间房子,西院是正屋,是俞先生一家平常居住的地方。俞先生读书、写作,高兴时邀朋友一起唱几句昆曲,也在这里。侧院是祖上的书房,房子低矮,堆满了当年印书的木版和杂物,久不住人。"文革"开始后,先是"红卫兵",后是街道"革委会",烧书封门,接着进驻。可怜俞先生老两口,也就被赶到侧院的一间窄小、阴暗的房间里栖身。这使俞先生十分伤感,人也老得特快。每当看到正院墙头伸过来的马樱花树,他都会想到老屋里那一道让他留恋的斜晖,想到往日的生活与欢乐。第一首诗,就是记录他当时的这种心绪的，至今读来，仍觉情真意切，哀哀感人。

然而，即使已经被迫移家先人的书房，与书版杂物为伍，还是不行。不久，他又和其他一些"牛鬼蛇神"一道，被集中到文学所的"牛棚"里去办"学习班"，轮番批斗、"示众"、"坐喷气式"、交代"罪行"等，虽然让人气恼，但俞先生还算善于排解，并不总把这些不愉快的事放在心上。久了，皮了，也就更随便，更不在乎。该吃则吃，该睡则睡。他胃口小，饭吃得很少，也不讲究。吃饭、喝水，都用同一个白色的小茶缸。用后不洗，再用时只拿那块打扫卫生的破布随便抹一下。

文学所的"牛棚"，实际是六号楼三层的一间大阁楼，向阳的一面整个是玻璃，晴好的冬日，阳光洒满半个屋子，暖烘烘的。批斗的间隙，俞先生常拉三个椅子，拼在窗下躺一会，有时居然也能睡着。他的第二首诗，写的就是这样的"牛棚"生活的一瞥，生动而又诙谐地描绘了苦中偶得的半忽儿休憩。

如今，俞先生已经过世多年，许多"文革"和"文革"前的往事，都渐渐地淡忘了。但这两首诗，却因为曾被"示众"，曾被"上纲"为"记反革命变天账"和"抗拒改造的铁证"，反而在我的记忆里留下了刮不去、磨不灭的印象。

每当它们回旋在我的脑际时，俞先生生前那率真的"书生气"十足的亲切形象，总会浮现眼前，于是我写了上面的文字，把两首诗忆写出来，公之于世，这既是一个晚辈对他的纪念，或者也可以作为对他《旧体诗集》的一点并非不必要的补遗。

人格，人格

    这几年，我的境遇不佳，心绪很坏。因为在一篇谈人格的文章里，说了几句真话，便遭忌恨，复被讨伐，长期被咬住不放；小女又重病缠绵，久治不愈。这在我，无异于雪上加霜，"内忧外患"，兼而有之，只能忍着。

    我不算脆弱，也并不迷信，却仍不免常常陷入迷惘，感慨命途多舛，深味做人作文之难。为了维护起码的人格，为了保持一片心灵中的净土，有时，我不得不付出沉重的代价。每当这种时候，我的眼前，总会清晰地浮现出一位故世多年的老师的身影。

    他瘦削、颀长，背微驼。面孔清癯、苍白，常见病容。由于两颊塌陷，颧骨高耸，嘴显得有点前撅，鼻子也特别高。他留着大背头，戴着深度近视眼镜。他有一个习惯动作，就是时不时下意识地伸出瘦长的手，向上扶扶眼镜，向后捋捋长发。其实镜框并不一定下滑，发型也未见得散乱。讲话时，细长脖子稍稍前伸，显出很认真的样子，隆起的喉结特别显眼，整个一副书卷气很重的酸苦相。这便是大学教过我外国文学的刘思虹先生。

那时，他也就三十出头年纪，已经当讲师多年了。他授课极为认真，总是拿着事先准备好的教案，按部就班、一板一眼地讲，从不信马由缰，作不着边际的发挥。进度掌握得很好。他所引用的资料，只要没有译文，或虽有译文却译得不准确的，一般都要从原文翻译过来，并且经过仔细地校订。有时，他还在课堂上特意把自己的译文和别人已有的译文进行比较，说明为什么他的译法好些，让我们从细微的差别中领会原文的奥妙。他嗓音浑厚，很好听。有的同学断言，如果不是因为患肺结核病，刘老师肯定能成为一名呱呱叫的男中音独唱家。

课后，他的讲义都能按时发到我们手里。记得装订讲义时，他亲自刻印了一段卷首献辞：请允许我用颤抖的双手，把这样并不成熟的讲稿，同时也把我的一颗赤诚的心，奉献给你们。年轻的朋友们，让我们共同切磋，携手前进。

他的课很受欢迎，并不是因为有多么高超的讲话艺术。他语调平直，不见雄辩，不有意煽情，甚至必要的抑扬顿挫都不明显。同学们爱听他的课，完全是因为他分析得细致入微，并且善于用自己虽然内敛却很炽烈的真诚，去引燃学生的真诚。这就赋予他的课程以特殊的魅力和特殊的启迪力。

他孤傲、清高，与其他教师很少来往，但对学生却非常亲切，从来不摆架子。表面上看来，他不苟言笑，以至我至今回忆不起来他笑时的样子。然而他却能像磁石一样吸引学生，不上课时，都愿意到他的住处聊聊。

他住在学校东院的两间平房里，外间是厨房，吃饭和堆放杂物都在这里。里间一半是卧室，一半作书房。书桌放在南窗下，旁边摆着两个书架，墙上挂着一把二胡。他备课、批改作业，接待学生，来客交谈，全都在里间。

那是1956年，"百花齐放，百家争鸣"的方针刚提出，文坛上叫得震天响。风气波及大学校园，中文系学生们的创作活动和文娱活动突然来了劲，显得很活跃。我们几位相好的同学也跟着赶热闹，结了一个诗社，请思虹老师指导。他很高兴地接受了，要我们常到他那里去聊。诗社成员不多，连社名都没有定，似乎也没有写诗，只一块儿到思虹老师那里去过有限的几次，还并非完全谈诗。后来，我因为参加排演话剧《阿Q正传》，课余时间全占了，其他几位同学也因沉迷于跳交际舞一类的活动，诗社的事便不了了之。

思虹老师二胡拉得特别有味。他能把全部情感都灌注到乐曲之中去，《病中吟》《良宵》《二泉映月》尤其拉得出神入化，如泣如诉。至今一听到《病中吟》，我都会想到他的全身心投入时的专注神情：细长的手指，在琴弦上按、拢、捻、颤、挑，好像会说话；眼镜后的眼睛微闭，头随着琴弓的拉送，有节奏地轻摆着；一绺长发垂在前额上，也轻摆着。

他喜欢书法，书体虽然从板桥体化出，却融进了自己的人格和性气，形成了自己的特点和风格，写得相当熟练。他有一部日本出的精装《书道全集》，摆在他书架的最下一层。这部书，在当时号称藏书丰富的学校的图书馆都没有。我们到他那里去，他常从架上抽出一本来，一页页翻给我们看，并讲解各家书体的特点，以及书写中如何用笔，如何讲究章法，欣赏时必须注意些什么，等等。有时，他也拿出纸来，磨好墨，自己作书给我们看。他作书是站着，细长的手指，缚鸡之力都没有，却能写出苍劲的字来。看他作书，像看他、听他拉二胡一样，自己陶醉、沉迷，也让我们跟着陶醉、沉迷。

1957年7月，我和班上的一部分同学正在陕北的窑洞间进行方言调查。忽然从西安传来学校已经开始"反右派"的消息，大家并没有在意。接着就有关于思虹老师被作为"右派分子"揪出来批判斗争的消息传来，我的神经一下子紧张起来，感到震惊。我懵了，思虹老师怎么可能是"右派"即"反动派"呢？接着，又接到指示要我们立即撤回学校，参加运动，我还有一个揭发"反动诗社"的问题。盛暑中，我们赶回学校。这时"反右派"斗争的火已经烧得炽热烤人了，像三伏天一样，热得人发昏、发狂，透不过气来。思虹老师的主要罪名是："攻击党所领导的历次运动是打垮人格的运动。"

原来事情是这样：在头年的一次由党组织出面邀请一些党外人士参加的帮助党整风的座谈会上，他出于热爱党的真情和帮助党改进工作的至诚，也是有感于征求意见的领导的诚恳态度，经过认真考虑，提过一条意见："政治运动当然是正确的，但今后再搞运动，希望不要采用打垮人格的办法。"这条意见不仅没被采纳，反而成了他的罪名，成了他的致祸之由，成了他和他的家人此后一系列灾难和不幸的根本原因。此外，他当时还有一些别的罪状，组织"反动诗社"也包括在内。

我那时刚19岁，哪里经过这种阵仗。在斗争会上，我看得出，思虹老师对他居然提了那种意见很后悔。他一再解释说，他丝毫没有反对政治运动，攻击政治运动的意思，只不过希望稍稍注意一点方法而已。但没用，谁也不听他的申辩，终于被坐实了"恶毒攻击党，攻击党的历次政治运动"的罪名。并据此划为"极右分子"。

那个炼狱般的难熬的夏天，在灵魂与肉体的无边痛苦中，他更消瘦了，颧骨更高了，嘴更往前撅了。斗争会上，他面色苍白，神情紧张，不断地流汗，用瘦长的手向上扶眼镜的次数也更多了。我在心里同情他，但在外表上却还不得不跟着大家用同样的腔调批判他，伤害他的人格，只是理不直，气不壮而已。

"反动诗社"虽然一直作为思虹老师的罪名被揪住不放，却并没有查出有什么具体的反动宗旨，具体的反动活动，具体的反动作品。我终于被认为"划清了界限"，又因为年龄轻，幼稚，而没有给更重的处分，只是以"有温情主义"的结论，而将党员预备期延长到1958年。

我逃过了灾厄，而思虹老师却从此成了我们的"阶级敌人"，不能再讲课了。他被分配到资料室去工作。除了管理资料，他还很快学会了打字，系上的讲义都归他打了。不过，打的都是别的老师的，而没他的。自从被打成"右派"以后，他就再不和我，也包括其他学生讲什么话了，见了面，好像从来不认识。从他更见消瘦、苍白的脸上，看不出任何表情。

　　只有一次，我在资料室单独碰到他，他正在打字。那是冬天，他穿着一件罩了蓝罩衫的中式棉袄，戴着袖套，脚上还是那双浅驼色的、大约从新中国成立前就穿起并且已经很旧了的翻毛皮鞋。像往常一样，他没有说话，只是不时停下来，轻轻咳两声。我便关切地说："刘老师最近身体怎样？您可要多保重！"我这样说，是因为听人说他的结核病日见加重了，还咳过好几次血。

　　"还好，不妨事。系上照顾我，没让我下放，平常也不让我干重活。打字活不累，坐着干就行了。再说，我一直在坚持吃药。"他平静地说，声音虽仍浑厚，却小得多了。

　　"听说您现在打字比学校的打字员还快。"

　　"主要是他们的字盘排得不科学。我把咱们常用的、相关的词都尽可能地放在一起，重新排过，这样就不必花太多的时间去找字，用起来便当多了。"说着，他让我过去看他的字盘，并且详细地讲给我听，还不时表演给我看，就像他从前给我们上课时讲解荷马的史诗或但丁的《神曲》那样。

　　走廊里传来自远而近的脚步声。他很警觉，话没讲完便戛然而止，示意我走开。瘦削的面庞上，又恢复了漠然和忧郁，继续打字，并且不时轻轻咳两声。

　　记得这就是思虹老师和我的最后一次单独谈话。后来，我便到北京做了研究生。知道他故去的消息时，正是在天灾人祸的"三年困难"时期，我落了泪，心里很是难过了一阵。但这种难过，无论在当时，还是以后的"以阶级斗争为纲"愈演愈烈的年代，我都只能深埋在心里，不能讲，不能流露。

关于他的死因，直到多年以后才打听清楚。被划成右派之后，他的身体情况很不好，工资减了，只发生活费，又赶上"自然灾害"，师母是家庭妇女，还拖着两个孩子，其苦况是可想而知的。他全部接受了命运的安排，没有抗争，没有不平，没有怨恨。如果有怨恨的话，也许只是恨自己不该提那种人格不人格的意见。也许，他已经诚惶诚恐地认识到中国的知识分子原本不应该有自己的独立人格。思虹老师希望不要打垮别人的人格，而他自己的人格却被彻底打垮了。他终于以自己的认真的、老实的、不再乱说乱动的接受改造，进行了悲剧性的"脱胎换骨"，终于盼到了"摘帽"，接到了"摘帽"的通知。

他高兴得忘记了自己的衰病之躯，那天竟自己推着车子去买粮，因为扛粮伤力，导致大口吐血，从此一蹶不振，辗转病榻，很快便形销骨立，耗尽了生命之烛，与世长辞。师母精神失常，不久也去泉下与他相伴；留下两个孤儿，送进了收容院，很久以后才为刘家的族人收养。总之，身后是很凄凉的。

　　思虹老师因谈人格而招祸，我又因恨不起来，"有温情主义"而受到牵连，差一点丢了党籍。但我却从此懂得了人格的价值。这大概正是我近十多年来论文、衡人、交友很看重人格的深层原因。再说，我也早已活到比我的老师去世时大得多的年岁了，天灾人祸见得多了，因而对于不断袭来的邪恶，也就不那么害怕，不那么在意了。所幸人格还没有被打垮，这也许是唯一可以告慰于地下的思虹师的地方。

辑二　随笔漫兴

诗祸漫议

诗人因为写诗而扬名，也往往因为写诗而招祸。真是"福兮祸所伏"。

诗是早已有之的，说起来它应当算是一切文学样式的老祖宗。诗祸之起，则是很晚的事。当诗还作为口头创作，像"风"一样在原始人群、歌者的口头上流传的时候，是无所谓诗祸的。诗祸总是和对诗作者的惩罚，例如，流放、苦役、坐牢、杀头等，联系在一起的。《诗经》的大部分，在孔丘编辑、删定的时候，就已经不知道作者是谁了。他老人家虽然指责"郑卫之音淫"，很不喜欢那些桑间、濮上一类谈情说爱的诗，却还是保留了它们，并没有想到惩罚谁。

屈原是中国第一个有名有姓的大诗人。《诗经》里的少数篇章虽然也标明了作者，如尹吉甫、寺人孟子等，但毕竟无法与屈原相比。屈原的时代，还没有诗祸，他不是因为写了对现实不满的诗而被放逐，倒是放逐之后才写出了好诗，所以太史公说："屈原放逐，乃赋《离骚》。"班固批评屈原"显暴君过，露才扬己"，那已经是稍晚的汉人的眼光了。如果说，司马迁还敢说"小雅怨诽而不乱，国风好色而不淫，若《离骚》者，可谓兼之矣"，那么，到班固，则完全没有这种勇气了。不一定是班固个人胆小，显然是操在权力者手里的文网拉紧了。文人还不是釜底游鱼，底下一加温，就得"玩完"？

过去，只有一部陆侃如、冯沅君写的《诗史》，却没有一部作为它的必要补充的《诗祸史》，所以，诗祸到底起于何代，不太了然。不过，秦汉之前大概没有。那时群雄并起，百家争鸣，各派学说都很活跃；有相互之间的交流和影响，也有很厉害的排斥和攻讦。最有势力的是儒墨两家，号为"显学"，但也没听说把哪个并非"显学"的学派当作"落水狗"来打，可见学者对学者，权力者对学者，都还讲点"费厄泼赖"。

在这种气候下，写诗大约相当自由，因而也没有因为写诗而得罪的记载。当然，那时并非不杀人，不流血。各国之间进行着剧烈的兼并战争，仗都打得很大，常常是"争城一战，杀人盈城；争野一战，杀人盈野"。然而，人们很少用血洗和肉体消灭的办法对待知识分子，那原因大约与各国竞相招揽人才的现实有关。像赵之平原君，魏之信陵君，齐之孟尝君，楚之春申君，都有数以千计的门客。门客之中，固然也有"鸡鸣狗盗之徒"，但大多数是"士"，即知识分子。养士之风的盛行，抬高了知识分子的身价，招揽尚且不暇，而况杀逐乎？这只要看看那个弹剑高歌"长铗归来乎，食无鱼"的冯谖，是多么倨傲和自信，就清楚了。至于赋诗，在春秋战国时候是很时髦的，"登高能赋，可以为大夫"，人们常常在各种正式场合，如外交场合，引用几句诗，以增加议论的力量或谈话的文采，表示自己的肚子里并非只装着粪和草。

秦以虎狼之旅东向而击，"六王毕，四海一"，造成了大一统的局面。这是秦始皇嬴政的功绩，他因而被史家誉为雄才大略的皇帝，李卓吾甚至还想在他本来已不算低小的冠冕之上再加一个"千古一帝"的称号。然而，他也造过孽，大搞"舆论一律"，不许自由思想，焚书坑儒，这就为后世的文字狱，包括诗祸，开了极其恶劣的先例。历史常常是这样，那些有贡献的人物，一旦因为贡献而升上了权力的顶峰，就更有条件造孽，犯大的历史性错误。秦始皇就是一个。

秦法是很严的，"以古非今者族"。就是说，满门抄斩。这是李斯的主意。当李斯出这个主意的时候，并没想到他自己日后的结局也是被"族"。到了上刑场的时候，就很"寒微"了，想要和他的儿子拉着黄狗，出他家乡上蔡的东门，去追兔子也不可能了。被秦始皇和他的丞相李斯用"以古非今"的罪名坑掉的460个儒里，是否有诗人，已无从稽考。然而，我想，既然是儒，当然一定懂诗，一定对作为儒家经典的《诗》三百篇有较深的研究，而且说不定在发表"以古非今"的宏论时也会引几句，以炫耀自己的"登高能赋"。如果这个推断大致不差，秦始皇应当是第一个制造诗祸的人了。

焚书坑在什么地方，不清楚。也许唐朝的章碣写"竹帛烟消帝业虚，关河空锁祖龙居。坑灰未冷山东乱，刘项原来不读书"时，到过这个地

陕西骊山西麓的秦"坑儒谷"旧址

方。然而现在却遗迹荡然了。坑杀儒者的地方还在，叫"坑儒谷"，在我的家乡骊山的西南坡。《史记》上明明说坑杀这批儒者是在咸阳，可这里离咸阳少说也有百里之遥，而且隔着渭水。当然，再远也是秦地。秦始皇威加海内，还不是爱在哪里坑，就在哪里坑。据去过"坑儒谷"的人说，那里有碑，不仅赫然刻着"坑儒谷"几个大字，而且刻有不少历代骚人墨客的凭吊文字。说来也可悲，460个儒者的碧血，以及他们在坑土中累累的白骨，倒提供了文人们"发思古之幽情"的材料，使一个僻远的山谷出了名。

真正因为写诗犯忌而被杀，并且有史可查的是在汉代。宋朝的罗大经说："杨子幼以'南山种豆'之句杀其身，此诗祸之始也。"子幼是杨恽的字，汉宣帝时人。杨恽出身世代衣冠之家，又有根底深厚的文化教养，是当时有名的才子。他的父亲杨敞，官做到大司农，又代王诉为丞相，封安平侯，曾赞助霍光废立；他的外公是司马迁，所以《史记》《春秋》读得烂熟。据说这位杨恽恃才傲物，为人阴刻，喜欢揭发人家的隐私。他因为告发霍氏谋叛而受到重用，位列九卿；又因为树敌过多，遭谗而被削职为民。三年之后，他在写给好友孙会宗的信里，写了这样一首四言诗："田被南山，芜秽不治。种豆百顷，落而为箕。人生行乐耳，须富贵

秦"坑儒谷"旧址碑文

何时！"这首诗据颜师古引张晏的解释说："山高而在阳，
人君之象也。芜秽不治，言朝廷之荒乱也。一顷百亩，以喻
百官也。言豆者，贞实之物，当在困仓，零落在野，喻己见
放弃也。其曲而不直，言朝臣皆谄谀也。"其实杨恽无非是
不甘寂寞，发发牢骚。这种牢骚，甚至连《离骚》那么一股
劲也没有。然而，却被宣帝认为"大逆不道"，把他拉出去
腰斩了。据说，连那年发生的日食，也要杨恽负责，可谓
"欲加之罪，何患无辞"。

　　杨恽算不上什么重要诗人，他的诗文留下来的也就那么
一篇《报孙会宗书》，见于《汉书》本传，文学史上一般都
不讲他。然而他确乎死于诗祸，吃了为人锋芒太露的亏。
杀他的宣帝，虽然因为霍光废立昌邑王的偶然机会登上了
宝座，霍光因而擅权20年直到死，他是霍光死后才亲政的，
但还算是汉家有为的君王。他把汉兴以来的统治经验概括为
"王霸道杂之"，这是以阴柔为本，从黄老之学中脱胎出来
的统治术。杀杨恽，就是他"王道"后面露出的"霸道"。

　　写《汉书》的班固也是文人，是诗赋的行家，身后名气
也比杨恽大。他当然很懂得"霸道"的厉害，懂得因为几句
诗惹恼了操有生杀之权的皇上会有什么后果。他的苛责屈
原，不能说与此无关。我也不太相信他对杨恽性格的描绘，

汉人写汉史，岂能没有顾忌。从杨恽的《报孙会宗书》看，其人还颇有些宁折不弯的耿介之气。就说揭人隐私吧，也看揭什么，其中未必不透露出杨恽的嫉恶如仇的品德。

中国是一个诗的国度，在数千年来的诗国的长空，辉映着为数众多的明星，成为我们民族的骄傲。然而历朝似乎都有血腥四溢的诗祸。明清以后的大型文字狱里，诗祸是重要内容。可见，诗祸之为物也，其源远，其流长。祸是对那些触了霉头的诗作者说的，是和他们的苦难在一起联系的；但对那些有权把刀放在别人脖子上的人来说，就无所谓祸，而是他们统驭文坛，逼令文人就范的法宝。正因为是法宝，所以就会历千年而不衰，不断地被我们的列祖列宗祭起来使用，而且规模越搞越大。到了近代和现代，诗祸并没有跟着清帝一起"逊位"，也没有在"五四"运动的急流中淹没，甚至人民共和国成立时的礼炮轰鸣，也没有使它销声匿迹。这个封建主义的幽灵，似乎仍然不时在中国的土地上徘徊、肆虐，1976年的清明节，达到了顶峰。

说 "鉴"

鉴，就是镜子。它有光滑平整的面，靠了光的反射作用，能够再现物体的形象，不溢美，也不藏丑。越是好的镜子，越能毫发毕现。镜之对人有用，原因盖出于此。

铜镜

中国最早的鉴，大约是用青铜铸造、磨制而成，所以"鉴"字和"镜"字都从"金"。改用玻璃，则是很晚的事。但无论是青铜鉴，还是玻璃镜，那用途却是一样，无非是照物，照人。人之发明镜，恐怕主要是为了从中照见自己的尊容，以图有所改进，增其美而减其丑。于是，梳妆打扮，涂脂抹粉，画蛾眉，正衣冠，都离不了它。

因为镜子和人关系密切，所以常被用来作各种比喻。李白诗中有"小时不识月，呼作白玉盘；又疑瑶台镜，飞在青云端"的名句，是用镜的圆和明净，比喻满月的皎洁。过去官家的大堂上，常常挂着"明镜高悬"的匾额，则是用镜的照物真切，比喻坐在匾额下的执法者的明察秋毫。这当然多是别人的谀词，或官员的自诩，和实际并不相干。"破镜重圆"的成语，撇开它的典故不讲，作为比喻，仅仅取镜的形制为圆这一点，和它能够照见物体的功能本身，已经没有什么关系了。

把历史当作镜子，这是古已有之的。"殷鉴不远，在夏后之世"，就典出《诗经·大雅·荡》。说明我们的祖先在2000多年以前就已经提出了以史为鉴。这篇《荡》，据《毛传》说："召穆公伤周室大坏也。厉王无道，天下荡荡，无纲纪文章，故作是诗也。"周厉王是很有名的暴君，他曾用"监谤"的政策来钳制舆论，不许谈国是，不许议论朝政，更不许批评他本人，违者格杀勿论。当然，"论死"的时候，一定要先给扣上"谤王"的大帽子，然后典刑。王是只能呼"万岁"、称"圣明"的，"谤"还了得？但召穆公毕竟是很有政治经验的臣工，为了避免被扣上"谤王"的大帽子而脑袋搬家，他想出了"托古讽今"的办法，借文王的口指责殷人有法不依，政教失调，民怨沸腾；说夏的灭亡，本来是殷的一面镜子，殷不以夏亡为鉴，只好被连根拔起。这分明是"指着和尚骂秃驴"，但因为是托姬昌的口说的，厉王纵然凶暴，也不至于起他的老祖宗于地下而鞭之。召穆公终于没有违反"温柔敦厚"的诗教，这是他的幸运，多亏那时的厉王以及他派出去"监谤"的巫们，还不懂得2000年之后的"影射攻击"都可以治罪，否则他的下场也不美妙。

然而，以史为鉴毕竟是召穆公的一大发明。他把一件有力的武器交到了后来一些英明的君主和能臣的手里。魏征是唐初一代名臣，刚直不阿，敢于犯颜直谏，忤逆龙麟。他常常手里拿着历史的镜子，要唐太宗照。太宗是雄主，知人善任，从善如流，而且头脑清醒，是"贞观之治"的总设计师和总指挥。但即使像他这样的人，居于帝王之尊，待到龙椅坐稳以后，也常常经不住享乐的诱惑，而稍稍懈怠，政治上有举措失当之处，行为上有失检点之时，所在多有。每当这种时候，魏征就以隋的覆亡为前鉴，高喊"载舟覆舟，所宜深慎"，要他"居安思危"。

有一年李世民东幸洛阳，次昭仁宫，多所指责。魏征就当面给他提了意见，回来后又写了一封颇长的奏疏，分十条批评他的懈怠，并逐条与隋对照。其中有这样一段话：

> 夫监形之美恶，必就止水；监政之安危，必取亡国。《诗》曰："殷鉴不远，在夏后之世。"臣愿当今之动静，以隋为鉴，则存亡动乱可得而知。思所以危则安矣，思所以乱则治矣，思所以亡则存矣。

这篇奏疏简直是在讲反面教员的作用和价值，包含了深刻的辩证法，后来被太宗抄贴于卧榻之旁，朝夕警惕。今存的魏征的奏疏，大都风格清俊遒劲，文字洗练，推理谨严，读来气象森然，可谓文如其人。贞观十七年，他终以多病之躯，在竭忠尽智之后，先李世民而死。李世民非常悲痛，给他死后以极高的荣誉，让他陪葬昭陵，而且葬地在九峻山上，离李世民的陵寝不远。这在李姓的王、公主以外，是唯一的一个。李𪟝、李靖，功劳都不比魏征小，也去陪葬，却在山下。魏征去世，太宗临朝叹道："以铜为鉴，可正衣冠；以古为鉴，可知兴替；以人为鉴，可明得失。朕尝传此三鉴，内防己过。今魏征逝，一鉴亡矣。"这就是"人鉴"的由来。李世民重视"三鉴"，特别是"人鉴"，提出要"防过"。这是一般处于他这种地位的人很难有的自知之明。

"人鉴"的职责是"谏"，就是提意见，提批评。但"人鉴"之能否发挥作用，还要看临鉴者有无自知之明，有无李世民式的胸怀与器度。历朝都设谏官，如唐代的"左拾遗"之类，就是专职的"人鉴"。陈子昂、杜甫、白居易都做过这样的官。谏官品级不高，例如杜甫在凤翔行在就任左拾遗，级别是从六品下，只有芝麻、绿豆那么大一顶乌纱帽。但是危险极大，一旦搞得"龙颜不悦"，轻则打屁股、下狱、贬官、流放，重则性命难保。至德二年，杜甫为疏救在陈陶斜打了败仗的宰相房琯，惹恼了肃宗李亨，要不是张镐出面说情，险些做了刀下之鬼。如果说杜甫的得罪，还可以说房琯确实打了败仗，为他辩护确有徇私情的嫌疑的话，那么韩愈的谏阻迎佛骨，总是光明磊落的了。然而，也惹恼了另一位皇帝。结果是"一封朝奏九重天，夕贬潮阳路八千"，凄凄惶惶离了长安，竟悲观到要他的侄儿韩湘子到瘴江边上去收他的老骨头。记得韩愈似乎并没有做过谏官，然而即使如此，上表言事，对臣下来说，也不算越俎代庖。他在《琴操》中说："天王圣明兮，臣罪当诛"，不知是不是因为经过这一通变故之后学乖了。当然，多数皇帝也不是没有顾忌，杀谏官要留千古的骂名，所以不到万不得已，不到盛怒夺去理智的时候，一般都不出此下策，不玩真的。于是谏官们也就在这个夹缝中求得生存。可见，除非是做魏征那样的"人鉴"，碰到李世民那样的临鉴者，否则，"人鉴"本身并不会有坦途，更不要说安全。

铜可以为鉴，史可以为鉴，人也可以为鉴，那么，文可不可以为鉴呢？当然可以。事实上，人们历来就把文艺作为镜子看的。

文艺作品是现实生活的反映，要求真实，这一点像铜鉴。列宁称托尔斯泰为"俄国革命的镜子"，司汤达说小说是"路边的镜子"，都以文艺对社会生活的真实反映为前提。

文艺作品再现社会生活的历史图景，揭示历史运动的规律，提供壮丽的历史画卷，这一点又很像史鉴。古希腊盲诗人荷马的《伊利亚特》《奥德赛》，印度的《罗摩衍那》《摩诃婆罗多》，都是著名的史诗。中国没有产生那么长的史诗，但《诗经》中的《生民》《公刘》等篇，也都带有诗史的性质。司马迁的《史记》既是伟大的历史著作，也是伟大的文学作品。杜甫的诗被宋人誉为"诗史"，清初的仇兆鳌说，读少陵集"实堪论世知人，可以见杜甫一生爱国忠君之志，可以见唐朝一代育才造士之功，可以见天宝开元盛而忽衰之故，可以见乾元大历乱而复治之机"。巴尔扎克自称法国社会的"书记"，要把他的《人间喜剧》写成一部别人没有写过的法国社会的历史。可见，文史就其本质来说，是相通的。

文艺作品能够提出社会生活当中的尖锐问题，施以褒贬，给以回答，从而劝善戒恶，这一点又很像人鉴。中国古代的设官"采诗"，要从中窥见政教王化的得失，就是着眼于诗的这种"人鉴"作用的。

铜鉴的鉴，是本义；史鉴、人鉴、文鉴的鉴，则是引申义。但鉴之所以为鉴，无论本义还是引申义，都离不开客观地反映事象这个基点。离开这一点，就是哈哈镜了。在哈哈镜里，人不是被拉长，就是被缩胖，或者被扭曲，失了原形。哈哈镜已经不是真正的鉴，入了魔道。

然而，要成为真正的鉴，并不容易，而以文鉴为最难。历史上的功罪，且不去管它，单是近几十年来的实践，就充分证明了这一点。现在，当然好得多了。但也不尽然，某些时候，在某些具体问题上，文鉴要成为真正的鉴，依然困难重重。

文艺是一面镜子，它既照见人间的欢乐和幸福，也照见人间的灾难和不幸，只要真，不失实，就都是正常的。这正是文艺的职责。现实生活有灾难，当然就需要有能够照见灾难的镜子。近几十年来，中国的历史走了一条过于曲折的道路，国家的、民族的、个人的灾难，接踵而至，触目可见。艺术家只要不是闭目塞听，昧了良心，就无法回避。然而，照见灾难的镜子是不祥的。镜子写了灾难，等着镜子的就是灾难，在文艺界，镜破人亡的事还少吗？

给文艺的镜子带来灾难的原因可能是多方面的，但对文艺与政治关系的过于狭隘的理解，却无疑是其中最重要的一条。文艺为政治服务，文艺从属于政治，长期以来就被教条地理解为取消文艺的相对独立性，取消文艺的特点和规律，把文艺变成政治的附庸。而政治又仅仅是少数政治家的政治。所以，文艺对政治的从属，就不能不表现为艺术家对这种少数所谓政治家的人格的依附；以他们的意志为意志，以他们的是非为是非；艺术家只有借助于他们的头脑，才能思考。一句话，艺术家不能有自己独立的人格、意志、思考。文艺就是这样被牢牢地绑在少数政治家的战车上，"为王前驱"。战车开到沟里去怎么办呢？文艺也只好跟着下沟。不愿意下沟吗？灾难就要来了。跟着下沟，要和战车一起摔得粉碎；不愿下沟，战车就要从你身上压过去，把你压得粉碎。总之，都是"镜子的灾难"。

"文革"的结束，拯救了中国的政治，也拯救了中国的文艺，至少不要跟着少数政治家的战车下沟了。然而文鉴要成为真正的鉴，还必须扫荡文艺与政治关系上的一系列陈腐的、过时的教条，推开压得人喘不过气来的政治僵尸，把独立的人格、意志、思考能力，还给艺术家。这样，就要给艺术家以批评的权利，发挥文鉴的作用。

人民群众固然需要文鉴，需要从中照见自己生存于其中的社会相，或受到鼓舞，或引起警惕，以便更加精神振奋地前进；政治家又何尝不需要文鉴，不需要从中考察政治的得失、了解人民群众的情绪和疾苦？

唐宪宗刚刚从他父亲手里拿得皇位的时候，曾想励精图治，表示要纳谏，白居易便写了不少讽喻诗，针砭时弊，"唯歌生民病，愿得天子知"。《新乐府》《秦中吟》便是在这种政治背景下问世的，这是他诗歌中最光辉的部分。据说，他在编完自己的诗集以后写道："一曲长恨有风情，十首秦吟近正声。"可见，他也很偏爱自己的讽喻诗，确实是"文章千古事，得失寸心知"。待到他只能写点"闲适诗"的时候，"元和天子"的"中兴"气象也早付诸东流了。

这些年，我们的文艺渐渐地敢于面对人生，有点真正的文鉴的意思了。社会在进步，人类也在进步。

秦皇陵漫兴

　　我的故里，在秦始皇嬴政陵东的上何村。家乡人称这座帝陵为秦皇陵，或始皇陵，只有陵北的石碑上才镌刻着"秦始皇帝陵"五个字的正式称谓，但口头上没人这样叫过。它是我混沌初开时最早认识的天地间的巨大物体之一，出门望到它，去县城上学、赶庙会，到华清池洗澡，都要从它旁边过，因此许多儿时的记忆和青少年时代的往事，都依稀有它的身影，它实在是那一带自然景观和人文景观中无法抹去的物象。

　　秦皇陵隆起于骊山北麓，封土坡势平缓，呈覆斗状，远望若黛青色的丘冈。它南负连山，北望渭水，面对着秦地山河的万古苍茫，很见气象。由于陵体高耸、巨大，当地人常把它当作确定地理方位的标识点——如说陵东焦家村，陵西姚池头，陵北毛家村，陵南上陈家，等等。

　　骊山自西向东逶迤，山体两侧前出，中间凹进，略呈弓背形，像一把巨椅，拱卫着山下新丰古原上的这座秦帝陵丘。骊山的凹进部分称为"骊怀"，即使没有渊深的阴阳学问，不会看风脉地貌，不懂得坟山贯气，也不难凭直觉看出，这是一块"风水宝地"。

怪不得嬴政一"践祚"，便把陵寝选在这里。当皇帝的，哪个不想占尽风光。于是他开始倾全国之力，大兴土木，其规模之浩大宏丽，为亘古所未有；后来的历代皇帝，自以为文韬武略，功业盖世者，亦大有人在，但在陵寝营造上，却绝无出其右者。史书上所说的"发刑徒七十万穿治骊山"，即指此陵的营造。营造了30余年，直到"明年祖龙死"的神秘谶语应验，陵主暴死于沙丘宫，甚至到了山东乱起的王朝末日，还没有最后完工。

西汉末年学问很大的刘向，在他的《论罢昌陵疏》中，曾详细地记述了秦皇陵的兴废。他说：

秦始皇帝葬于骊山之阿，下锢三泉，上崇山坟，其高五十余丈，周回五里有余；石椁为游馆，人膏为灯烛，水银为江海，黄金为凫雁。珍宝之藏，机械之变，棺椁之丽，宫馆之盛，不可胜原。又多杀宫人，生埋工匠，计以万数，天下苦其役而反之。骊山之作未成，而周章百万之师至其下矣！项籍燔其宫室营宇，往者咸见发掘。其后牧儿亡羊，羊入其凿，牧者持火照求羊，失火烧其藏椁。

刘向是著名的史家，见多识广，博闻强记，书读得很多，他的话可信性很高。表面看来，他是在叙述一座陵寝的兴废，实际上却是在提示着秦王朝兴衰的教训。

"殷鉴不远，在夏后之世"。从贾谊的《过秦论》开始，汉人在秦亡陵废的事情上没完没了地做过许多文章，给自己的皇帝和自己的王朝照镜子。《论罢昌陵疏》就是这许许多多照镜子的文章中的一篇。这似乎形成了一种传统，后来唐朝的魏征规谏李世民时，常常要他以隋的覆亡为鉴，就是这个思路。宋朝的苏轼在《骊山绝句》中说：

海中方士觅三山，万古明知去不还。
咫尺秦陵是商鉴，朝元何必苦跻攀。

商鉴即殷鉴，其立意仍在强调秦陵的鉴戒作用。在他看来，谁都有生有死，哪怕是被人山呼万岁的帝王，也不例外。秦皇汉武，一个派徐福泛海，一个延方士入宫，都是费尽心机地寻仙觅道，以求长生，可到头来谁又逃过了各自的"大限"呢？东坡先生聪明过人，一生宦海浮沉，坎坷偃蹇，"乌台"一案，几致灭顶之灾，因而测透了人心，看破了世情。他有极深的禅学素养，且受"羲皇上人"陶渊明的影响很大，生死二字早已看得很开，他才不会像那些"当神器之重，居域中之大"的"人主"们那样贪权、恋栈、怕死。

"纵有千年铁栅栏，终须一个土馒头"，谁都不能例外。皇帝的"土馒头"当然会大些，那又怎么样呢？大到如秦皇陵这样，该算到顶了，不也还是"荒草一堆埋没了"。因此，根本用不着像唐明皇李隆基那样，爬到骊山顶上的朝元阁去礼拜什么"玄元皇帝"，祈求什么丹砂之诀、长生之道。

汉以后，历代的官、匪、兵、盗对秦皇陵的盗掘与破坏，史不绝书。地面建筑早已毁圮殆尽，只留下一座荒芜的坟山，一任蔓生的野草闲花，年复一年，周而复始地在上面经历各自的荣枯、开落，引发着过往文人墨客的灵感与浩叹。

地宫破坏情况如何呢？长期以来，人们都相信史书上记载的项羽掘毁和牧童亡羊失火的说法。曾经在《阿房宫赋》里提出"族秦者秦也，非天下也"高见的杜牧，就是如此。他在《过骊山作》里说："黔首不愚尔亦愚，千里函关囚独夫。牧童火入九泉底，烧作灰时犹未枯。"足以为证。这就是说，他也认为，地宫的破坏情况，当与地面无异。可见，人们代代相传，对此深信不疑。

但地宫毕竟深埋在九泉之下，而且上面还有小山样的封土陵丘覆压着，即便遭到了彻底破坏，其具体情况也依然是没有得到实证的巨大历史之谜。据新编《临潼县志》记载，为了揭开这个历史之谜，早在1962年陕西省便组建了"秦始皇帝陵考古队"，经过30余年的勘察、钻探与试掘，不仅初步查明了50平方公里陵区内有关遗迹的大致情况，而且据专家们推断，地宫很可能仍然完好如初。项羽掘毁，牧童亡羊失火的史书记载可能有误，而盛暑尸臭，不得不用鲍鱼伴归的秦始皇的遗骨，八成还平静地躺在地宫奢丽的棺椁之中。

秦皇陵的地宫未被掘毁，并不是随项羽入关的江东子弟不想这样干。须知山东六国的后裔，谁个没有亡国之恨，谁个不是恨秦的暴政恨得咬牙切齿，谁个不想复仇，不想对给他们带来无尽苦难的罪魁祸首施以报复，发其墓而鞭其尸，焚其尸而扬其灰？只是没有可能做到罢了。想想看，秦帝陵寝的建造，倾天下之财，以数十万人力，干了近40年，又有严密的防范措施，哪里是轻而易举就能掘毁的？据说单是唾手可得的陵区地面上的珍宝财货，项羽的30万人马就整整搬了数月之久。那时又没有掘土机、推土机之类现代化的开挖机械，一切都要靠人工一锹一锹地挖，一筐一筐地挑或抬。用这种简单原始的办法，搬走高47.6米，周长1440米的封土小山，然后再在18.4万平方米的面积内掘地及泉，其工程之大，难度之高，是可以想见的。以当时的情况而论，即使"力拔山兮气盖世"，且有万夫不当之勇的楚霸王，也下不了这个决心；就算下了，他的正处于骄横峰巅的江东子弟兵，肯不肯下这份苦，卖这份命，还是未知数。再说，他的当务之急是刻不容缓地与机诈多变的刘邦争夺江山，而不是劳师费时地去向一个已经对他毫无威胁的腐尸泄愤。项羽尚且无力尽毁秦皇的地宫，后世力单势薄的盗墓小匪就更只能望陵兴叹了。

然而，秦帝的骸骨虽然得以保存了下来，但他的宗室胄裔，却无一孑遗。秦法酷刻，动辄灭族。不仅为秦的强盛立了汗马功劳的商鞅被车裂、灭族，就是给秦始皇出过"以古非今者族"整肃知识分子绝主意的李斯本人，又何尝逃出了"被族"的下场？再说，秦的最高统治者嗜族成癖，族了那么多人家，最后等着他的家族的怎么可能不是同样的结局？后世凡有点头脑的皇帝，一想到这个结局，无不像做了噩梦一样，惊惧战栗，汗毛倒竖。敢于以秦始皇自封、自况的角色，实在不多。

贾谊在《过秦论》里把强秦覆亡的主要原因归结为"仁义不施"。汉代的文帝、景帝，实行轻徭薄赋让人民"休养生息"的政策，从而成就了历史上著名的所谓"文景之治"，这与其说是由于他们生性仁厚，不如说是由于秦亡的

"殷鉴"起了关键的作用。当然，也可能受了那么一点贾谊所下结论的启示。

杜牧在发表"族秦者秦也"高论时，曾设想："使秦复爱六国之人，则递三世可至万世而为君，谁得而族灭也？"然而，历史的发展，有它的必然性和随机性，不靠假设，也没有可能干错了重来。杜牧好像不很注意这一点，他有一种喜欢假设的心理定势。比如过乌江亭时他就以为，如果当时被围于垓下的项羽，不去拔剑自刎，而是包羞忍耻，重返江东，那么凭借"江东子弟多才俊"的人才优势，说不定还可以卷土重来。这其实是一种浅见，早被晚他数百年同样过乌江亭的王安石所纠正。秦以虎狼之师东向而击，包举宇内，使六合归于一统。其最高权力者一向迷信暴力，迷信手里的戈矛刀剑，并且依靠严刑峻法统驭黔首，使民无度。要他们爱民，实行宽缓平和的国策，无异于与虎谋皮，因而是根本不可能的。这种暴政，不推向极致，不自己走向反面，不逼得陈涉、吴广一类"瓮牖绳枢之子，氓隶之人"揭竿而起，天下云合响应，是不会自行收场的。倒是杜牧说的"秦人不暇自哀，而后人哀之；后人哀之而不鉴之，亦使后人复哀后人也"，很有些苍茫的历史感。

初唐时曾一度被母后武则天夺了权，最后又归了权的中宗李显，是"幸"过秦皇陵的，而且留下一首五言律诗，嘲笑地下的祖龙"失德"、"焚书"和"鲍车"；宋太祖赵匡胤大约是历史上唯一下令整修过秦皇陵的皇帝，不知是出于对墓主的文治武功的崇敬，还是自惭于取江山于孤儿寡母之手的卑劣；康熙四十二年，玄烨西巡，也曾到过临潼。据说当这位很有文化的皇帝走到陵北当年封土取土的鱼池湾时，南望骊山和陵丘，颇不以此地的风水为然，立马口占一绝："骊峰九破头，灞水向西流。民少百年富，官高二品休。"地脉不厚，连民间的高官富豪尚且支撑不了，何况君王，何论秦祚。这首诗在民间流传颇广，不知真实性如何。不过，查以往的县志，巨富显宦确实不多，就连进士、状元，也寥若晨星。

据乾隆版《临潼县志》记载，那次过临潼后，康熙大帝曾谕旨给当时的川陕督军华显，要他免去陕西百姓在此以前积欠的全部赋税田粮，并且提前免了康熙四十四年的"正供"，以示皇恩浩荡。玄烨是聪明绝顶的有为君王，我猜想，下这道上谕时他肯定从秦人的宗社丘墟中，照了一次镜子。

"鉴"与"不鉴"，是临鉴者的事，但作为"商鉴"的秦皇陵，并不因此而丝毫有损于它自己的价值。它的兴废，仍然是衡量千秋为政者、权力者、王者政令得失的尺度与标识，正像我们那里的乡下人把它当作确定地理方位的标识一样。只要陵丘还在，这个作用就肯定不会消失。自然，杜牧所说的那种"后人复哀后人"的鬼打墙式的可悲循环，也不是没有可能一而再，再而三地重演下去。

小亭沧桑

亭者，停也。本是古代设在道旁，供过往行人食宿的处所。据汉代许慎的解释："亭，民所安定也。亭有楼，从高省，丁声。"不知庾信《哀江南赋》里说的"十里五里，长亭短亭"是不是这一种。但它发展成有顶无墙的小型建筑，建于道旁、风景名胜之地，或宫馆园林之间，则肯定是稍晚的事。

有些亭，由于和大人物的行迹发生过种种关系，而久负盛名。它们除了主要的审美价值和不怎么主要的实用价值之外，还往往能勾起某种历史的联想。沉香亭，让人想到李隆基、杨玉环那一段没有到头的爱情，想到写《清平调》词，高吟"解释春风无限恨，沉香亭北倚栏杆"时李白的狂放和不羁；醉翁亭，总能唤回"有亭翼然，临泉上"的优美文句，乃至"欧阳文忠公"酒足饭饱之后那股"醉翁之意不在酒，而在山水之间"的洒脱劲儿；风波亭，则千秋万世牵系"岳武穆"元帅的愚忠和惨死。这些都是先有了亭，而后缘亭生事，亭以人名。至于我的家乡临潼的那座和"西安事变"很有点关系的四角小亭，却从一开始就压根儿既非为了实用，更非为了观赏，而仅仅是为了给大人物的"伟大行迹"作纪念，像立功德碑、造凯旋门、筑旌表坊、建纪念堂、修纪念馆一样。这也是亭以人名，只不过事发于先，亭成于后罢了。

四角小亭的建造地点，离蜚声中外的华清池不远，原也是一处有名的景点。据新修的《临潼县志》记载：

在骊山西绣岭的山腰，有一巨石，遍体黄褐菌锈斑驳。巨石呈凹形弓状，高而且大，其上有一绺一绺的弓形条纹，每绺七八米长，两三米宽。远望如一只斑斓大虎卧于山间，十分威武，故称"虎斑石"或"卧虎石"。

明代关中武之望有《望骊山铭虎斑石》诗曰："苍翠郁嵯峨，石梗带薜萝。龙蛇巢枝杪，虎豹窝山阿。夕照穿林迥，芳菲铺地多。巉岩迷去路，隔巘听樵歌。"虎斑石附近，山势崎岖，杂树丛生，武之望目为藏龙卧虎之地，不能说没有眼力。但他绝不会想到，数百年后的1936年12月12日，会有一位蒋委员长，当时中国的头号大人物，于仓皇之中，从五间厅只身逃出，经华清池后门，藏匿于此处的石隙间，接着"蒙尘"。

那次事变，终于和平解决了。但自我记事起，虎斑石的名称就改称"蒙难石"、"虎趴石"了。不过，"卧虎石"的旧名似乎仍沿用着。谁的主意？不知道。反正"穿蓝棉袄"的平头百姓都照着这么喊。

10年之后的1946年，又是"兄弟阋于墙"。这里开山修亭的炮声，是和全面内战的炮声差不多同时响起的。那时，我正在县城里的书院门小学念书。轰隆隆的重浊的巨响，常常和着地面轻微的震颤，送进教室里来。于是，一双双惊得睁圆了的小眼睛，从窗户望出去，只见半山上烟尘滚滚，直冲霄汉。不久，便有一座钢筋混凝土浇筑的四角小亭，神气地出现在"虎趴石"的弓形峭壁之下，并有整修的盘山公路直通山下。

记得四角小亭的北檐下，曾镌有"正气亭"三个字的匾额，该是官封的名称了。当时，老师刚教我们背诵完文天祥的《正气歌》，知道"正气"之为物也，大矣！"天地有正气，杂然赋流形"，只是不清楚正气之所钟，是在矢志"攘外必先安内"的蒋委员长，还是在力主"停止内战，一致抗日"的张、杨二将军。然而，老百姓并不以"正气亭"

相称，只是把石头上的"蒙难"二字现成地移过来，呼之曰"蒙难亭"。

1949年，蒋委员长兵败大陆，撤退到台湾岛上去了。"然志犹未已"，当然是秣马厉兵，重整旗鼓，一心要"反攻大陆"；大陆呢？则是"我们一定要解放台湾"。海峡两岸，怒目相向，剑拔弩张。金门岛上，炮声隆隆。于是，"蒙难石"、"卧虎石"也被加上恶谥，谓之"卧鳖石"。亭呢，还算比较客气，改称"捉蒋亭"了，但轻侮之意是显而易见的。

此名沿用30余年。直到"文革"后，叶剑英元帅去西安原八路军办事处参观，还写过这样一首诗："西安捉蒋翻危局，内战酿成抗日诗。楼屋依然人半逝，小窗风雪立多时。"人上了年纪，容易怀旧。但这里所怀的"半逝"之人，虽肯定会包括早已被杀于重庆、曾经"捉"过老蒋的杨虎城，却未必会包括被"捉"，而这时也同样已经作古的老蒋。诗意低回而不忘褒贬。

1991年9月我曾返乡，下榻在东花园饭店的一栋叫"逍遥殿"的客舍里。此处在华清池后墙外，离四角小亭不远。一个秋雨后的早晨，我出大门散步，沿山路拾级而上。约行200米，便到了虎斑石畔。亭台依旧，只是名称又变了。不见"正气"，不称"捉蒋"，而唤作"兵谏亭"了。那油漆的匾牌就高挂在北檐之下，正好遮住原先镌刻"正气亭"三字的地方。推想起来，加在石上的美誉和恶谥，也该一并免去了吧？

我站在亭畔，俯视山下屋舍俨然的街市和轻烟缭绕的城郭，远眺如线的渭水，自天际而来，又向天际流去，不禁感慨系之。真是"闻道长安似弈棋，百年世事不胜悲"！

陕西临潼骊山上的兵谏亭

俄国人把名城列宁格勒的名称又改回沙皇时代的彼得堡了，不知身畔这历经沧桑的四角小亭，能不能就此稳住它现在的名号，也好与"亭者，停也"的古老释义相符。

居庸关漫兴

　　阴历小年的前两天，应昌平十三陵管理局之约，我和一批文友前去采风，夜宿居庸关的古关客栈。客栈在居庸关关城之内，靠近北瓮城关楼偏东的地方，距云台不远。

　　居庸关是京西名胜之地，我在20世纪50年代末初到北京时，就多次来过，目的都是上八达岭长城，这里只是路过。以后的年月，陪外地亲友登长城，也间或经这里看看。记得主要就是看云台，看它的由汉白石砌成的高大形体。它底座稍大，外台四面自下而上均微呈梯形。台体南北短，东西长。中间是高大的南北向券洞门，可以通车马。券洞内壁有四大天王的浮雕像，加上券门上的鹏鸟、大象、鲸鱼等镌刻，有很高的欣赏价值。有一次我们还上到顶上看过，据说顶上原修三座喇嘛塔，塔毁于元明之交的战乱，后来又在上面修了一个泰安寺。这寺也在康熙年间烧毁了。我们上去时，只有一些柱础。石缝间生着秋草，不高。云台两侧，山势陡峻。危峰高耸，可见沿坡砌筑的长城，直上岭巅，烽垛

居庸关

敌楼如在云端。形势之险要，是显而易见的。在我的记忆里，居庸关遗址，除了云台和两侧山上废圮的长城，其他早已荡然。

我们这次下榻的古关客栈，并非原有驿站、客舍的修复，而是一座仿明清建筑风格的星级旅游酒店，内有天井、院落，由四合的曲廊相属连。如果不看转折处的指示路标，就会有一种迷宫的感觉，很不容易转到要去的餐厅、前台，甚至回不到自己的房间，很是有趣。

我们的东道主非常热情，晚上为大家洗尘的便宴上特意请了两位戏曲学校的学员清唱助兴。一个唱青衣，一个唱老旦，都是京剧杨家戏里一门忠烈的女将唱段。清唱佘太君的演员，声音浑厚、高亢、嘹亮，用情也好，唱得尤其苍凉悲壮，荡气回肠，很容易唤起旅人边关怀古的幽情。由于引起了共鸣，诗人、散文家石英也清唱一段相和，很投入，很有韵味，只是年逾古稀，底气上到底比不上年轻演员了。

自古戍边、出塞，军中饮宴，常有乐曲歌舞佐酒。岑参的"中军置酒饮归客，胡琴琵琶与羌笛"，祖咏的"燕台一去客心惊，笳鼓喧喧汉将营"，王昌龄的"琵琶起舞换新声，总是关山旧别情"等可证。居庸关夜饮，主人在古关客栈特意为我们安排的苍凉清歌唱杨家，显然意在营造一种古代边塞生活的氛围，让操觚者得以在某种虚拟的悲壮情境中体验历史的沧桑之感，意兴云屯。

曲终人散，已近中夜。穿上棉衣，走出温暖的客舍，顿觉空气清冽。没有风，下弦月高挂在深邃幽远的天上，如银的清辉下，关城广场上白天拥挤的旅游车辆大多已经离去，显得分外空阔。也没有了喧阗的人群，只有偶尔驶过的高速路上车辆的马达声，提示着这关城之夜的清寂。

关城南北两侧瓮城上的关楼，檐牙高翘，雄踞于两山夹峙之间，月下望去，尤其见气象，显得神秘，有一种威压之感。人们常用李白《蜀道难》里写剑门的"一夫当关，万夫莫开"来形容之，当不为过。我此刻体验到的境界，亦庶几乎近之矣。

月色朦胧中，能够看出北关楼上高悬的白色匾额，上书"天下第一雄关"，书体劲健，比挂在山海关关楼上的那一块"天下第一关"的同样书体劲健的匾额，多了一个"雄"字，只这一个"雄"字，便让我想到挂在人民大会堂甘肃厅的那帧草书七言律诗：

> 东西尉侯往来通，
> 博望星槎笑凿空。
> 塞下传笳歌敕勒，
> 楼头倚剑接崆峒。
> 长城饮马寒宵月，
> 古戍盘雕大漠风。
> 除是卢龙山海险，
> 东南谁比此关雄。

当时不知道这首诗是谁作的。后来才知道，这是林则徐在鸦片战争后被革职流放伊犁路过嘉峪关时写的《出嘉峪关感赋》（四首）之二。是四首里写得最为境界开张，最见悲壮气象之美的一首。最后落在一个"雄"字上，不过指的是长城西端的嘉峪关。而拿来与嘉峪关作对比的是卢龙的山海关，又在长城的东端。居庸关西距嘉峪关万里之遥，离山海关也不十分近，虽地处两雄关之间，却同在长城线上，也是自古兵家必争之地，自有其雄险之处。何况在金元明清四代，这里都是拱卫京畿重地的西北大门，在军事上十分重要。林则徐四首诗中甚至还用"谁道崤函千古险，回看只见一泥丸"的古函谷关，烘托嘉峪关前的"瀚海苍茫"，视函谷如"泥丸"。这泥丸的意象，毛泽东就曾在《七律·长征》里借用过。林则徐的诗中虽未提及居庸关，但我还是从"长城饮马寒宵月"和"塞下传箛歌敕勒"两句中，找到了相近的体验。不然，站在古关客栈外的广场的月下，就不会有这样的联想。

云台之北，北关楼之南，客栈之西，有一槐、一椿两株老树。重修关城时，它们特意被保留下来，并且修了台墙加以保护。椿树和槐树，都是长寿的树种。庄子说：古有大椿，以八千岁为春，以八千岁为秋，称作"大年"；槐树是黄粱一梦"蚂蚁缘槐夸大国"的寄主，我就见过不少汉代的古槐。保留这两棵树，也就同时保留了至少数百年间它们所经历过的历史沧桑和烽火硝烟的记忆。树是有生命的，比人的生命长久得何止百倍。

站在树下，透过早已脱尽木叶的横斜寒枝，我上望游走在碧海青天上的半轮冷月，斜视东西两山高大的剪影，天更幽远，山更峻险，而南北两侧的关楼，也愈见雄奇。在这月明星稀的雄关之夜，我似乎有一种既真实又不真实的梦一样的感觉：说真实，这眼前的一切都是存在的，实有的，而在这一方窄隘天地间曾经上演过的一幕幕威武雄壮和屈辱悲怆的活剧，也都是实有的，并且凝固为历史了；说不真实，是曾经在这里无数次固守和强攻的两方——虽有正邪之分，是非之辨，但都远去了，并当时的看客也都先后作古了。能够见证的，也许只有云台、巉岩、老树、岭上残长城，连这眼前的居庸关城、关楼、半山的一片庙宇，都是不久前才投资修建的。这是否就是一种历史的苍茫之感？说不清楚。

林则徐有没有来过居庸关，我没有考证过，不敢妄谈，但他的好友——曾经写信给他，鼓励他禁绝烟毒的龚自珍——却肯定来过。那证明就是他的名文《说居庸关》。龚自珍，号定盦，被称为中国中世纪的最后一位诗人和近代的最初一位诗人，这评价是套用了恩格斯评论但丁时所用的句式。

《说居庸关》是一篇记叙性的论说散文，以记为主，论则寓于记叙之中，皮里阳秋，点到为止。主旨须细加揣摩、涵泳乃可见。全篇围绕着居庸关的"若可守然"展开，翻译成现代汉语，就是"好像可以据守"，"看似可以据守"。他先从山形地势的险隘写起，说"出昌平州，山东西远相望，俄然而相辏相赴，以至相蹙，居庸置其间，如因两山以为门，故曰若可守然"。接着，又不厌其详地极写其四重关城的大小、距离，修筑的严固，设防之严密，从上关北门的"居庸关"大字，写到八达岭北门的"北门锁钥"题刻，都是"若可守然"。唯独在八达岭俯瞰南口，"如窥井然"后，用了"疑可守然"。这是对雄关到底守住守不住的质疑。文章连用六个"自南口入"，记他骑马游居庸关一路的真实见闻，如与蒙古人骆驼队在关路狭窄处的相摩、相挝，开玩笑，与关口税吏的对话等。最后从承平之世"大筐小筐，大偷骆驼小偷羊"的漏税，写到"间道"（小路，间隙）的存在，实在是防不胜防，若在战时，敌人也会自漏税者惯走的"间道"摸进来，防守者会"大惊北兵自天而降"。"疑可守然"，"若可守然"，都有质疑，实际上都是说很难守得住的。

林则徐、龚自珍，还有他们的挚友，曾以《海国图志》而流誉全国的魏源，都是他们生存的那个时代的第一流的头脑，他们是先知先觉者，对他们身处的中国历史的变局，有远比一般人敏锐得多的感悟力和理性思考力。居安思危。龚自珍在《说居庸关》里，有一种深层的危机意识，他卒于1841年，比林则徐和魏源都早。林则徐流放伊犁，在嘉峪关想到的，是"东南谁比此关雄"，是东南沿海那曾经让他痛心疾首的战败，以及如何去寻找足以抵御强敌的雄关。

居庸的四重雄关关城，修筑于明代，但强悍的蒙古瓦剌军的铁骑，还是从这里攻了进来；英宗在"土木堡之战"中做了俘虏，如果不是于谦坚守北京，大败瓦剌，英宗不仅难于放还，更无从复辟，当然也就不会有于谦后来的惨死；明末，这座雄关也没有挡得住李自成农民军的凌厉进军。李自成从这里下南口，破京城，入紫禁。朱由检只能以亡国之君的结局，吊死在煤山东侧的歪脖槐树上了。近代以来，20世纪大革命时期，奉系军阀，还有山西的阎锡山，也不曾在这里堵住西进的冯玉祥的国民军，更不曾把这支部队，"聚而歼之"；十年之后，卢沟桥烽火燃起，由汤恩伯指挥的以十三军为主力的约六万抗日将士，在这里同以关东军坂垣师团为主力的装备精良且人数多达七万的日军，进行了艰苦卓绝的惨烈战斗，史称"南口之战"。虽最终失败，但也让日军伤亡一万五千余人，击碎了他们三个月灭亡全中国的狂妄叫嚣；又是十年多之后，在解放战争的平津战役中，这儿也进入了毛泽东的战略视野，他的"隔而不围，围而不打"的方针，由挥师入关的四野和华北兵团配合，曾有非常精彩的贯彻与发挥。

据考证，居庸关始设于战国时代，《吕氏春秋》就有"天下九塞，居庸其一"的话。2000多年来，这里都是攻防斗狠的地方。烽燧狼烟，塞草白骨，司空见惯，史不绝书。如今承平日久，居庸关也整修一新，整旧如旧，但是已不再驻兵，不再是"英雄用武之地"，而成了文化遗迹，是旅游胜地，每天接待的游客数以万计。然而，居安思危，龚定盦的危机感怕还是要有一点，"间道"的提示，"北兵自天而降"的诫惕，作为象征，也不能忘得一干二净。曾经多灾多难，受尽凌辱的中华民族，还远没有到刀枪入库，马放南山的时候，决不可以高枕无忧。

冷月西斜，古关更显清寂而神秘。让云屯的思绪渐渐平静下来，便觉得很有些寒意了，我缓步踱回了温暖的客舍。回来时老妻和孙儿早已入睡，他们的梦里关山，肯定与我不同。

"关西大汉"说

千里不同风，百里不同雨，一方水土养一方人。陕西特殊的山川风物，人文景观，气脉激荡，钟灵毓秀，孕育了陕西人特殊的地域文化性格。这使得陕西人在行为方式、思维方式、文化心理、方言礼俗、人际交往、饮食习惯等方面，都与别处人有所不同。

陕西在地理上可以区分为陕南、陕北和关中三部分。秦岭以南为陕南，多山，汉中近巴蜀，商洛、安康近荆楚，气候亦属长江流域；桥山山脉以北为陕北，以黄土丘陵地貌为主，再北就是毛乌素沙漠，到了塞上；关中处四关之中，为渭河平原，号称"八百里秦川"，土地肥沃，人烟稠密，是周秦故地。"天府之国"最早就是称这里的，出典在《战国策》，那还是苏秦说昭襄王的时候。历史上称"三秦"，指的就是关中，因项羽入关封秦降将章邯等三人为雍王、塞王、翟王而得名，即后来京兆、冯翊、扶风的辖地。以三秦代称陕西，其实就是把关中作为代表来看的，而非实指地理上的陕南、陕北、关中：这正像"三晋"的出典在作为春秋战国分期标志的韩赵魏三家分晋，而非实指地理上的晋南、晋中和雁北一样。以地域文化性格而论，陕南、陕北均与关中有些差异，但如果与别省相比较，则关中仍不失其代表性，毕竟同大于异。

我虽是地道的陕西人，但年逾弱冠即客居京华，于今40余年。老母在堂，每年都要回乡省亲，而梦里乡关，亦常牵绕不去。岁月流逝，千里迢隔，不仅没有将儿时和青少年时记忆中的故乡人、故乡事、故乡风物抹掉、淡化，有时反而会更加鲜亮。再说，拉开一段距离（时间的和空间的）看，便有了更多的比较和参照，也许能够看得更深切，更客观。陕西人看陕西人，连着血肉，系着感情，存在着相近、相通的文化心理，相近、相通的体验，很容易做到"入乎其内"，甚至不用入，就在其内；离开了陕西而又久居北京的陕西人，则又因为有了心理的和物理的距离，而更容易做到"出乎其外"，不至于坐井观天、夜郎自大。因此，由我来说陕西人，不仅饶有兴味，而且不乏自信。再说，也更切合王国维"入"和"出"的美学原则。

关西大汉

就我所知，全国冠以地域而称大汉，且广为人知者有三：关西大汉，山东大汉，关东大汉。关西大汉特指潼关以西关中男性的魁梧体形和伟岸身高。至今在关中方言里，仍以"大汉子""碎（小）汉子"形容一个人个头的大小；"汉子"即个头；有时，形容女人的个头，也可以用"汉子"，如"大嫂汉子大，三嫂汉子碎（小），二嫂是中等汉子"等，均与三位哥哥无关。"汉子"在这里已从男性的指称游离出来，变成了专门说明身高的尺度，中性化了。

"关西大汉"的称谓，到底始于何时，我没有考证过，不敢妄断，但宋代已经颇为通行却是事实。自宋俞文豹在《吹剑续录》里，形容苏东坡词的豪放派风格，用了"学士词，须关西大汉，执铁板，唱'大江东去'"的比喻，这"关西大汉"便似乎沾了学士才名的光，有了更深一层的诗性文化意蕴而广为人知，至今沿用不衰。《水浒传》里有"鲁提辖拳打镇关西"的故事，那其实是一善一恶

鲁智深

两个关西大汉的生死对决。鲁智深打死了镇关西，便成了关西大汉拳王泰森式的代表，正像同一本书里景阳冈打虎、快活林醉打蒋门神的武二郎武松，是山东大汉的威猛代表一样。

我的出生地在今西安市临潼区秦俑博物馆南侧不到百米的上何村。那深埋地下2000余年威武的秦俑军旅方阵，曾被称为"世界第八大奇迹"。据专家考证，出土的陶俑和陶马，都是按当时真人、真马的尺寸塑造烧制的。陶俑的形貌神态，个头高矮，都不完全相同，显然不是用一个或几个模子翻制的，而是每一尊俑塑都有一个相对应的真人模特儿，这些模特儿大致都选自当地的秦人。秦俑的身高基本上都在

秦兵马俑战阵

1.78米到1.82米之间。这种高度，即使以今天的中国人平均身高来衡量，也足以称为大汉。可见，秦兵马俑的发现，为关西大汉的称谓，提供了最早也最有力的实物证据。当然是先有形貌魁梧高大的秦人，而后才产生关西大汉的称谓的，这就叫名以副实。秦人东向而击，统一山东六国，固然有政治、经济、文化、社会心理等因素在起作用，也包括有一批善于统兵、精于指挥的军事家和统帅如白起、王翦、蒙骜、蒙恬等在起作用，但也与在第一线用命的秦兵秦卒身形的普遍高大威猛，不无关系。到了唐代，杜甫在他著名的反战诗《兵车行》里，还有"况复秦兵耐苦战"的说法。

我的身高正好是秦俑高度1.78米到1.82米的平均值，生得傻大黑粗，被我大学下一班同学董丁诚在一篇流传颇广的文章里委婉地形容为"文质武相"。因为与那些兵马俑的形貌有某些地缘上的相似性，于是北京文学界的一些去过秦俑馆的朋友们便说："不必千里迢迢跑到西安去看兵马俑，看何西来就行，整个一个活脱脱的兵马俑！"为了让我高兴，他们还不忘补充一句："将军俑！"反馈回陕西，那里文学界的乡党们也兴高采烈地认可这一发现。既然京秦两地的文学慧眼都认定我酷似兵马俑，自己还能说什么呢？只好默认。谁叫我的先人们自觉不自觉、情愿不情愿地做了当年塑制兵马俑时的模特儿。我忽然记起我们何姓人家祭祖时挂的那副对联"水源木本承先泽，春露秋霜启后昆"，其此之谓乎？反正中国作协党组的王巨才书记，一个为人宽厚的乡党，曾封我为秦人的"形象代表"。虽说是一顶不拿俸禄的纸冠，我心下也还是很有些飘飘然的。退一步讲，英伟映丽的"形象代表"即使不合格，作为一介"关西大汉"，循其形而求其实，怕也还是"庶几乎近矣"！

至于秦人何以形体高大，只能说水土使然也。其实关中不仅男性普遍偏高，女性个头也不低，那些秦娥们、罗敷们，甚至陕南褒城的褒姒们、陕北米脂的貂蝉们，也都没听说过是矮个子、袖珍女。人而外，牲灵也偏高，如关中黄牛，是北方所有黄牛中个头最大、性情最驯顺而又最能吃苦耐劳的一种；再如那关中驴，也是中国驴类中个头最大、力气最大的，肯定比当年柳宗元笔下"技穷"的"庞然大物""黔之驴"要大得多，也管用得多。

中国传统美学是以大为美的，故凡称大汉者，皆美称也。

陕西"冷娃"

按个头，我的乡党陕西礼泉人阎纲也是一条关西大汉，只是他的面相要文气得多，儒雅得多，不像我的粗豪。他是才名很重的评论家，每逢论及文学作品中的陕西人性格，或历史上、现实中的陕西文化，常常喜欢正面肯定和提倡一种被他称为"陕西冷娃"的精神。

陕西人在本地说"冷娃"，并不在前面加"陕西"，而是说"是个冷娃"、"你个这冷娃"、"真是个冷娃"等等。有人以为"冷娃"就是"愣娃"的意思，以"冷"为"愣"的音变，其实是不对的。在关中方言里，"愣"的释义与普通话相近，含有呆、傻、缺心眼等意思，组词如"二愣"、"发愣"、"愣头愣脑"等。"冷娃"的"冷"，则不含这些意思。"冷"的释义，是从说温度冷热的冷引申出来的，陕西人常用的歇后语"东北风——冷尻"可证。因为关中冬天多东北风，特别是落雪前。"冷尻"的用法，略同于"冷娃"，只是语气更加重了。凡说"冷娃"时，如果会有惊异、感慨、贬责、倍加称赞等情感色彩，都可以换成"冷尻"。

"冷娃"，像"关西大汉"一样，是专门形容男人的。不同在于一指外形身高，一指内在精神。冷娃，作为一种性格特点或人的精神气质，包含诸如特别勇敢，特别果决，埋头苦干，拼命硬干，认准了的事情就全力以赴、决不回头，有狠劲，有韧性等多重意思。但冷娃作为一种地域文化品性和气质，又存在着正负两极。正的一极除了上述这些复杂的层面以外，还有如金代忻州大文豪元好问在《送秦中诸人引》中所说的"关中风土完厚，人质直而尚义"的层面。质直尚义，是一种伦理性的价值判断。这种品格，在个人，是道德素质；在群体，则是整个地域普泛的文化风尚和文化心理。陕西，特别是关中，是中国礼乐文化的摇篮，是周礼的故乡。周公的制礼作乐，就是在这里；孔子"克己复礼"，其所复之礼，也正是周礼。秦有周的故地，虽因宗社丘墟而被后世论者目为残暴无道的典型，但看《诗经》中的《秦风》，特别是其中的《无衣》，还是不难发现秦人的公而好义的品质。秦兵东向而击，所向披靡，天下归一，是很要有些冷娃精神的。其协调军旅内部，号令部伍整饬，上下同欲，而后克敌制胜，靠的不只是严刑峻法，不只是重奖，更重要的是"岂曰无衣，与子同袍"的伦理凝聚力，即尚义的道德自觉。

冷娃品格还包含了某种开拓精神和冒险精神。我曾写过一篇短文，叫《走西口与出函关》，说是陕西人窝在关中，"关河空锁祖龙居"，自我禁锢，目光狭小，就不可能有大出息。要有大出息，就得像渭河、延河、汉江、嘉陵江一样，流入黄河，汇入长江，而后奔向大海。周武王姬发吊民伐罪，兵临朝歌，灭殷纣而得天下，是开拓；秦自穆公之后，以东进为国策，终于在嬴政的手里"六王毕，四海一"，也是开拓。至于秦将白起，那更是很有些冷娃精神的名将，曾出武关而击楚，一举拿下郢都，强楚不堪一击，屈原的《哀郢》写的就是这件事；与赵决战于长治，坑赵卒40万，使雄踞北中国的强赵从此一蹶不振。可惜他像许多能臣一样，遭谗毁而被贬，被赐死，没有像样的军事著作和理论留下来，空存一个"武安君"的封号。秦的国君也有冷娃。据史书记载，秦武公好力戏，喜欢举重，因举鼎伤力而暴亡，他是绝对可以用"冷娃"或"冷屄"来形容的。此后，东出函谷关，成为一种地域文化传统，融入秦人的文化心理，遂世代承传。因此，自周秦以降，凡想成就王霸之业者，都是先据有关中，而后逐鹿中原，争雄天下。汉如此，唐如此，大顺朝如此。

走西口，是向西的开拓，我以为也是陕西人冷娃精神积极面的表现。秦代曾经西并戎狄、巴蜀，南取汉中，北收上郡。汉以降，长安是交通中西的丝绸之路的起点。汉武帝刘彻的雄才大略且不说，以臣工而论，西汉张骞的出使西域，东汉班超的投笔从戎，都是很有些陕人的冷娃劲儿的。而后，诗人们才能咏叹"一县葡萄熟，秋山苜蓿多"。当然，这种向西的拓展，也往往表现出某些穷兵黩武的倾向，这种倾向多数发生在王朝的鼎盛时期，最有代表性的是唐明皇李隆基。当时，主上好开边，边将多邀功。"百万攻一城，献捷不云输"，"年年战骨埋荒外，空见葡萄入汉家"，对内横征暴敛，对外用兵无度，遂使"开元盛世"很快地步入了乱世，生灵涂炭，烽火烛天，李唐王朝也就从此风光不再了。晚唐李商隐诗云："几时拓土成王道，自古穷兵是祸胎"，就是对冷娃精神本来包含的某些非理性成分所酿成的灾难性后果所做的诗体结论。

冷娃精神负的一极，还包含了某些"匪性"，这种"匪性"与人性中暴烈的非理性因素存在着深层的文化勾连和心理勾连。体现在具体个人的性格中，往往与残忍、离经叛道、反伦理的行为方式和行事方式联系在一起。

李自成、张献忠，自是农民起义的领袖无疑，他们在明末政治腐败、哀鸿遍野的昏暗现实中，面临着造反可能死，也可能生，不造反则只有死路一条的严酷选择时，选择了造反，选择了揭竿而起。但是，他们性格中都有凶残的一面，杀人不眨眼的一面。姚雪垠在其历史小说《李自成》中，把李自成写成一个高大全、红光亮的形象，有悖于历史真实。至于张献忠，对于他的滥杀和虐杀，杀人如麻，鲁迅先生是持严厉的批判立场的。李自成、张献忠，都是冷娃，具有冷娃型性格与气质，但他们身上的匪性，也是显而易见的。故鲁迅所批判、所深恶痛绝者，盖匪性也，我们完全用不着去护短。

在陈忠实的《白鹿原》里，黑娃的性格是能够给读者留下深刻印象的，这也应该说是一个成功的形象化了的冷娃性格。《白鹿原》里曾写到镇嵩军围城的事。那守城的就是杨虎和李虎，号称"二虎守长安"。这是陕西人在20世纪前半叶引以为豪，并且尽人皆知的史实。"二虎"应该说也都是典型的陕西冷娃，城内被困，粮草断绝，人至相食，但还是咬紧牙关守住了，遂使围城的刘镇华的镇嵩军一败涂地。这杨虎就是后来和张学良在西安发动兵谏，终被蒋介石残杀于白公馆的杨虎城将军。

《白鹿原》还写了朱先生支持的中条山抗战的事。抗战时期，华北沦陷，山西沦陷，陕西长安豁口人孙蔚如率部在晋南中条山一带与日寇周旋。日寇到了风陵渡，隔岸炮击潼关城楼，始终未能过河，他是很有功劳的，因而颇有名气。在当时国民党军望风披靡的时候，敢于并且能够在那里顶住打，是很要有点胆略的。这也是陕西冷娃。但他似乎对自己故里的乡党们约束不严，那些不争气的子弟便恃势持枪抢劫。从我们临潼到西安，60多里的通衢大道，到了豁口一带，便常发生杀人越货的匪患，一个时期竟被视为畏途。

别看关中在历史上的汉唐时期曾是首善之区，但到近代，则颇多匪患，我们临潼也好不到哪里去。听父辈们讲，民国时期临潼出过一个有名的土匪，叫黄本善，哨聚匪徒至数千人。他被县长王家麟用计赚到县城，翻脸押进大牢，枪毙时没敢走西门，而是骗出东门收拾掉的。就这，黄本善的压寨夫人还是带了千余人马将县城围死了两天，要不是省里调兵驰援解围，王家麟肯定活不成。陕西谣谚说："刁临潼，野渭南，不讲理的大荔县。"刁，指刁野，刁蛮，即冷娃气质的负面。也有不说"刁临潼"，而说"刁蒲城"的，我推想，一定是临潼人说"刁蒲城"，而蒲城人则说"刁临潼"。其实，半斤八两，两县均属关中，都是海内名县，也都多匪患。

我们那里的乡下人，把淘气、顽皮、捣蛋而又不听指教的孩子叫做"碎（小）土匪"，当然是指男孩，或判之曰"匪气"。我小时候是家族中有名的"匪气"孩子，长辈们甚至给我取了"黄本善"的绰号。我至今仍不服气，只是无法与他们于泉下而辩之了。但匪气确实也是陕西冷娃性格中的另外一极。

拐子、骗子手、贼娃子

元好问说"关中风土完厚",是说陕西民风朴实,老百姓实诚、厚道、好管。因为他的父亲在陕西略阳做官时,他曾随同前来,有过实际的接触和交往,印象很深。

多数陕西人因实诚而心眼不活泛,更不善理财,很少去"抱布贸丝",自古没有发达的经商传统。这一点就远不及邻省的晋人,那是元好问的家乡人。就说西安吧,新中国成立前那里的金融,几乎全部操在晋人的手里,钱庄银号集中的梁家牌楼、盐店街一带,基本上是山西人的天下。就是当学徒学生意,山西娃和陕西娃的表现都很不一样。掌柜的不满意山西学徒,要炒他鱿鱼,把铺盖一次次扔出去,他会一次次抱回来,态度极其谦卑驯顺,承认自己错了,掌柜心一软,留下了,最终学成了做生意。陕西的学徒娃,一遇这种情况,就会来了冷娃劲儿,生、冷、撑、倔,走就走,此地不留爷,自有留爷处,离了狗粪,照样种南瓜。几次钉子碰下来,便自己卷铺盖回家,终于学不成做生意。

我父亲兄弟七人,三叔、四叔、五叔、六叔,都先后被父亲带到外面学做生意。倒是都学了,没有卷铺盖回家,三、

四、五叔还合伙在家乡新丰镇开过一个协和磁号，但到底生意没做大，究其原因，乃是本事不强所致。父亲行商坐贾都试过，也终于一事无成，他们弟兄最后又都回乡当了农民。

陕人多不会把一个钱通过贸易和交换增值成两个钱，更不会像滚雪球似的越滚越大，所以发大财的不多。在中国，名闻天下的有徽商、潮商、晋商，却不听说有秦商，而历史上的弦高又非常遥远了，而且是郑人。连许多陕人商家在别省建的会馆，也多为"山陕会馆"，显然是跟在山西人后面，发点小财，分一杯羹。发不了大财，也就少有大笔的银子寄回来，所以陕西少有如山西乔家大院和王家大院之类的建筑群，只有韩城的党家村庶几乎可比拟。但这个家族的创业者甥舅二人都是山西迁过来的，而且从地缘文化上看，党家村所在的韩城，也是靠近晋南，隔黄河与河津相望。

然而陕西人会俭省。孔子说："以约失之者，鲜矣！"陕西人的俭省，就是"约"。我们从小便熟记了大人教给的格言式谚语"腾（意为节省）下的就是挣下的"，翻成普通话，就是说省下的，即节约下来的钱物和辛辛苦苦挣来的钱物一样，都可以积少成多让你富裕起来。这是一种非常消极的致富观念，缺乏进取精神。想想看，一点一点从嘴里省，达到小康都不容易，哪里还发得了财？所以陕西缺乏大的富豪，土改时许多地主都不大。比如我的外祖父是地主，也就三四十亩地，雇一个长工，养一头骡子一头牛，赶上丰收年，打那么二三十石粮食。至于我们那个村，土改时最高的成分不过是中农，连个富裕中农都没有，家家户户日子过得都很紧巴。陕西人把节俭的人叫"细发"，我们祖母就是个细发人，做什么都舍不得，父亲说她一辈子"些些儿，点点儿"。

但陕西多骗子，乡下人把骗子叫做"拐子"或"骗子手"。所谓多，是与别处比较而言，其在人群中所占的比例并不高。20世纪60年代，陕西出了一个有名的骗子，叫李万铭，后来老舍还专门据此写了一出话剧，叫《西望长安》，当时亦颇为轰动。陕西人实诚、厚道，实诚、厚道的人往往容易轻信，这就为拐子、骗子的出现提供了对象，社会人群的生态结构就是这样，没有可骗、好骗的对象，骗子就不能生存。

凡骗子，都比被骗的人心眼多，至少是人群中智商不低的一伙。劳动致富，他们吃不了苦；些些点点地从嘴里省，他们的胃受不了；经商发财，他们讲不了那个诚信，操不了那份心。但他们又好吃懒做、游手好闲惯了，于是看上了最简捷的办法，这便是坑、蒙、拐、骗。这些人都很会说，作真诚状，投诱饵而钓大鱼。前些年我的老母亲，就碰到了一伙有组织的骗子，说是她的儿女们要碰到大灾祸，只要拿钱给佛爷上一下供，就可以消灾弭祸，逢凶化吉。上完供，再把钱原数归还。为了让母亲深信不疑，他们还安排一个显然是同伙的人现身说法。最后把母亲好不容易攒的3000元钱从家里骗走了。等母亲清醒过来，已悔之不及。

陕西把小偷、扒手、贼，溜门撬锁之辈、穿窬凿洞之徒，统称"贼娃子"。外地人有称西安为"贼城"的，我不这样看，也不觉得西安的贼娃子就一定比别处多。说实在的，我是宁愿被偷而不愿被骗的。被偷，最多是疏于防范，防不胜防；而被骗，则有一场面对面的智能较量，被骗了，至少证明你在被骗的这一点上轻信了人家的花言巧语，钻进了人家预设的圈套，你低能！尽管马克思说过，他最能原谅的缺点是轻信。

吃泡馍，喝稠酒，唱乱弹

泡馍，是陕西的名吃，有羊肉泡馍、牛肉泡馍、红肉（猪肉）煮馍、葫芦头（泡馍）、粉汤羊血（泡馍）多种。在西安，羊肉泡馍最有名的是东大街老孙家、竹笆市老同家（同盛祥）、钟楼边的一间楼。

　　羊肉泡馍的馍，是烙出来的，陕西人叫"饦饦馍"，圆形，大小像北京的火烧，或别处的烧饼。它不全用发面，也不全是死面，很硬，吃时掰成小块，小到比指甲盖还小。真正的吃家的功夫，全在掰馍上。泡馍的馍，掰好后经得起和肉一起煮：汤汁的味道煮进去了，这小块的馍就更筋道了，与煮得烂熟并混入其中的大块羊肉一起嚼咽，是陕西人真正的口腹之乐。那汤汁刚从炉子上煮下来，滚烫，肉也烫，馍也烫，浓香扑鼻，热气腾腾，就着糖蒜和辣椒酱，就那么吸吸活活地吃，半碗下肚，上腭和牙根会被烫得发木，那才是真的进入了境界。

　　传统的羊肉泡馍，碗很大，呈深钵状。碗底有托，可以握在手里端起来，陕西人叫"把把老碗"，白色蓝线，粗瓷，是耀州窑烧制的。这老碗一次可以泡五个馍，每个二两，还不算汤水和肉。我想，这泡馍最初肯定是劳动人民的饭食，比如是类似于白居易笔下卖炭翁那样的下苦人的饭食。天蒙蒙亮就从终南山出发，用牛车拉了木炭，"牛困人饥日已高"的时候，到了长安城的南市，如果不遇宫市的抢劫，平平安安地卖了炭，就有可能拿出一点钱来犒劳一下自己，饱餐一顿。这时，羊肉泡馍肯定是首选，又好吃，又结实，一顿吃饱，一天不饥，五六十里乃至百把里路走下来，不再吃喝，绝无问题。

虽说羊肉泡馍不十分贵，却并不是所有下苦人都舍得吃的。比如我的大伯父，挑着百斤重一担的石榴或柿子到西安去卖，鸡叫起身，九、十点钟以后到市上，批发完后早已饥肠辘辘。尽管我的祖父再三叮咛他一定要买碗羊肉泡馍吃，但他像祖母一样"细发"，舍不得，还是到面馆要一碗面汤，蹲在门口，把从家里带的黑面锅盔掰了，泡在里面，三下五除二刨到肚里去，就像柳青笔下去买稻种的梁生宝那样。我不知道伯父一辈子有没有吃过羊肉泡馍，即使吃过，也绝对有数。

现在，羊肉泡馍已是西安名吃，碗变小了，是景德镇瓷的，不再用耀州把把老碗了，饼也精致了。陕西人仍爱吃，而且也因为腰包日渐充实，去吃的次数更多了，几家著名泡馍馆子生意都很红火。外地人到西安，都会自己去，或被东道主邀请去吃羊肉泡馍。

在老孙家的门前，有一高擎的硕大无比的泡馍碗雕，刘华清题写了"天下第一碗"。这"第一碗"的美誉，是誉其味色香浓爽美，但这也让我想到那传统泡馍专用的耀州粗瓷把把老碗的硕大，真的，我在全国其他地方从未见过比它更大的碗。

不仅羊肉泡馍碗大，陕西其他泡馍碗都大，油泼面、臊子面、涎水面的碗也不小，这就不难从中窥见陕西人性格粗豪的某种信息。作为陕西的名吃，泡馍只是一种大众化的吃食，在档次上与河南胡辣汤、兰州拉面、山西刀削面、北京烤鸭等，属于同一级别。如今，除泡馍外，西安酿皮（也叫凉皮）、西安肉夹馍也已风行全国。它们更属普及性的大众化吃食，味美、实惠且有特色，故很易于被其他地方的人所接受。大城市、小集镇都不难找到其身影。

然而，陕西没有如川菜、鲁菜、粤菜、潮州菜、淮扬菜那样的菜系。20世纪80年代西安的美食家曾成立唐馔研究所，意在挖掘出一个唐代的菜系，至今建树不大。唐代长安，是京畿之地，饮食文化确实发展到了空前水平，杜甫诗中就曾有过"紫驼之峰出翠釜，水晶之盘行素鳞"的描写，但"人事有代谢，往来成古今"，已经逝去的东西，很难复活了。有生命力的，似乎只能是羊肉泡馍、肉夹馍、酿皮子，它们才是陕西饮食文化的代表，才连接着陕西人的性格和心理。

陕西的酒文化历史悠久，《诗经·豳风·七月》里，就写了农民举着大酒杯到公堂上向长官祝酒、祝福、祝贺万寿无疆的诗句：

九月肃霜，

十月涤场。

朋酒斯飨，

曰杀羔羊。

跻彼公堂，

称彼兕觥，

"万寿无疆"。

我们临潼曾名新丰，是产酒的名地，唐诗"新丰美酒斗十千"可证。我记得小时候家家户户用麦仁做酒，将麦仁煮熟、蒸透，放了曲，捂起来发酵。过些时日拿出来吃，酸酸的，甜甜的，微带酒味，很好吃，那味道至今难忘。当时，附近还有开"烧锅"做酒的，后来，就不听说了。

作为陕西特产的酒有两种：一种是西凤酒，与山西的汾酒齐名，属于白酒，度数高，香味浓，真正喝酒的人，是喝这种。还有一种是稠酒，稠稠的像牛奶，用糯米粉酿成，烧热了，用大壶盛了，倒在碗里喝，味道微甜、稍酸，与麦仁酒和醪糟的味道接近，但浓得多。这种稠酒，小孩子也能喝个一两碗。一般喝不醉人，一旦真的喝醉，则会卧倒好多天不醒来，而且不好解。想必当年李白在《将进酒》里"会须一饮三百杯"，"但愿长醉不愿醒"，说的就是这类稠酒。

陕西有礼泉县（原名醴泉县），醴是甜酒，盖属于今之稠酒之类。古书里说瑞鸟凤凰"非醴泉不饮，非竹实不食"。醴泉就是酒泉的意思，那里稠酒成泉，还不是天大的好事，不知何以改醴为礼，成了礼泉县。礼是礼节、礼仪，也是一种等级森严的道德意识形态，怎么能成泉呢？不通嘛！据说是因为醴字笔画多，难写。但湖南的醴陵却没有因为难写而改为礼陵。其实醴泉的得名，是很有些来历的。据说唐的九成宫，原是隋的仁寿宫，系皇家行宫。有一次唐太宗驾幸九成宫，发现一处地面微润，"以杖导之"，便见清泉涌出，水味甘洌，遂以醴泉名之。欧阳询的名碑《九成宫醴泉铭》记的就是这件事。因此，一字之改，便改掉了一个县名的全部地域文化，也使稠酒的文化地域特征大大地减色。

就我的记忆，在我们乡下，稠酒是不登大雅之堂的。乡下小户人家，喝不起白酒，在小孩满月，过年待客，或招待来给娃娃送灯的干大时，常常备以稠酒。我们的祖父连生七个儿子，被认为命好，于是想要借命沾光的乡党朋友，便找上门来非要祖父给他家的独苗儿子做干大。祖父心善，实诚，便只好应下来。所以，他的干儿子特多。我们那里的风俗，干儿子每年正月初五以前，都要备了礼上门给干大磕头拜年；而干大则要在每年的正月初十以前给干儿子送灯，连送12年，第12年的最后一次送灯，叫"完灯"，尤其要备酒热闹一下。我小时候在正月初五以后和正月初十以前，最高兴的事情就是跟祖父去给他的那些干儿子——我的小干叔们送灯。那是十之八九都有稠酒喝的，每次我都要喝好几小碗。那甜甜的微酸的酒味儿，连同许多儿时的记忆，至今难忘。

近年来，稠酒居然被作为陕西的特色饮品开发出来，登上了大雅之堂。餐馆酒楼，歌台舞榭，所在多有。过往客人，只要你喜欢，就可以要来佐餐。这就是说，稠酒几乎取得了和西凤名酒并驾齐驱的地位，不仅本地热销，而且销往外地。然而我怀念的仍然是乡下人正月里坐在炕上，围着炕桌喝稠酒的暖融融的朴实氛围，那才有地道的陕西味儿。

泡馍和稠酒，一个是吃，一个是喝，都要用口，都是"进口货"。如果说，陕西饮食文化和酒文化中最有代表性的标志物就是泡馍和稠酒的话，那么秦腔则是陕西地域文化中最具精神特色，而且最古老的艺术形式。地域文化特色浓郁的艺术品种当然还有眉户戏、碗碗腔、陕北民歌、剪纸、户县农民画等，但其影响力都远不及秦腔。

秦腔，是对着比如豫剧、晋剧、川剧、陇剧等别的地方戏曲说的，陕西人，特别是占陕西人绝大多数的乡下人并不叫秦腔，而只是称之为"大戏"、"乱弹"。我看到许多外地人，甚至包括一部分年轻的陕西文化人，在写陕西人的特点时，都说是喜欢"吼秦腔"。这是误解，双重的，既误解了陕西人，也误解了陕西戏。

秦腔是中国最古老的戏曲剧种，是一切梆子腔的老祖宗，高亢苍凉，慷慨多气。元好问说的"风声习气，歌谣慷慨，且有秦汉之旧"，以秦腔当之，应该说再恰当不过了。鲁迅先生1924年到西北大学讲学，曾在看秦腔后为易俗社题写了"古调独弹"的匾额，也是强调了秦腔的古老，并寄希望于它的新生。秦腔的高亢苍凉，与它产生和流行于民间，多在野台子上演唱，庙会上演出有关。那演出，即使有现成的戏楼，也多为露天，没有高亢嘹亮的唱腔，难以达远，亦很难让比肩接踵挤在台下成千上万的观众听清楚。但是，秦腔经过长期发展，也是生、旦、净、末、丑一应行当俱全，其唱、念、做、打，行腔运气亦差异甚大。其中，只有净的唱法近吼，陕西人称为"吼大净"，这种吼唱之法，对演员的嗓音有特殊的要求。至于其他行当，如生、旦，乃至丑行，都绝对不用吼的唱法，因此，说"吼秦腔"，就是外行话了，而且是典型的以管窥豹，以蠡测海。

基于以上理由，我觉得，还是用我们那里乡下人的说法，叫"唱乱弹"，"唱大戏"。为强调地域特点，也可以说"唱秦腔"，就是不能说"吼秦腔"。

陕西人之于秦腔，喜欢听，喜欢唱，遂使这个剧种的流行程度，远远超过其他地方剧种在其本地的流行程度。由于古代陕人的走西口和向西开拓，沿"丝绸之路"一路唱将过去，这秦腔也就成了西北五省最为流行的剧种。大漠孤烟，长河落日的背景下，一曲苍凉悲壮的秦腔裂地而起，那是什么感觉！

秦腔是发自陕西人心底的声音，是他们生命的歌吟，脉息的搏动。秦腔的剧目，蕴积和提炼了陕西地域文化的精髓，陕西人热爱它并以之为骄傲，不是没有道理。

陕西人戏迷很多，过去，不识字的人，或虽然识几个字却文化不高的人，他们的历史知识和人生智慧，多数来自戏上，遇有庙会唱乱弹，乡下人会跑几十里去看，不管白天干活多累，走路多乏，都是挤站在台下，傻子一样聚精会神地张着嘴看。入戏很快，跟着台上的剧情时而放声大笑，时而用手背抹眼泪，懂行的观众在精彩处还会情不自禁地叫好。看完戏，一路上会很热烈地议论剧情和演员的演技，常常争得不可开交。平常谝闲传时，也会引戏文以为据，增加说事的力度和可信度。

我的祖父是戏迷，常喜欢领我出去看野台子戏，有时是跑几十里看木偶。我们那里把持杆木偶叫"拥胡子"，提线木偶叫"线胡子"。拥胡子和线胡子，虽不像真人在台上那样可以眉目传情，但眼可以开闭，而且一样唱着秦腔的板路和调门。我母亲也是戏迷，她没上过学，却硬是学到自己能看戏本，并且小声哼唱。在祖父和母亲的影响下，我也从小就成了戏迷。在县城念小学时，为了偷偷混着去看戏，没少挨打和罚跪。如今已远离家乡数十年，但一听到秦腔，就分外亲切，常被那悠悠传递的乡音和乡情，招惹得热泪盈眶。我对戏剧的兴趣，最早就是由秦腔培养的。

陕西人对秦腔，不仅爱听，爱看，而且爱唱。我生来五音不全，唱不好，也就不唱，但多数陕西人都能唱几句："狂风吹动了长江浪……""耳听得樵楼上三更四点……""实可怜……"等等，乡下人握着锄把会唱，走夜路壮胆会唱，高兴了会唱，伤心了也会唱。一般都是借戏文的内容和声腔，宣泄自己此时此地的情绪，很有长歌当哭，或借坟头哭恓惶的效应。

那年岁尾我回乡看望病重的母亲，母亲的舅表弟，我的道娃表叔来了。道娃表叔一辈子爱唱秦腔，生、旦都在行。80多岁了，须、发、眉俱白，还和一些忘年相好自搭班子唱戏。这种班子不化妆，没行头，完全是清唱，但有全套的伴奏，当地称"自乐班"，八人或十余人不等。婚丧嫁娶，红白喜事，小娃满月，老人祝寿，稍稍宽裕的人家，都愿意请他们来。剧目由主家点，折子戏、本戏都行，点什么，唱什么。自乐班的收费都不很高，管吃、管喝，再买几条极普通的烟放在那里抽，走时给几百块钱就行。

道娃表叔是大家子弟，用我们家乡话说，叫"财东娃出身"。他一辈子迷戏，当了几十年地主分子，只准规规矩矩，不许乱说乱动，但对戏仍然痴迷不悟。历尽沧桑之后，老了，摘了帽子，不愁吃喝，又一天到晚四乡八堡子搭班子唱戏，不改其乐。他之所以虽届耄耋之年，却鹤发童颜，精气神健旺，确实与搭班子奔走唱戏分不开，而唱乱弹的确成了他生命的一部分。也许，只有这样经历过大起大落的人生历练的人，才能真正唱出秦腔的气韵和品格，唱出其中如元好问所说的"秦汉之旧"来。

"走西口"和"出函关"

　　《走西口》的歌儿唱在民间，"出函关"的史实见于载籍。一个说的是向西，一个指的是向东，方向虽然不同，却都体现了一种共同的地域文化精神，即三秦故地源远流长的那种不固守、不局促的气度，和勇于开拓、进取的意识。

　　《走西口》是陕北民歌中唱传最广的名曲之一。一声"哥哥你走西口，小妹妹我实在难留……"唱出了送行者的千叮咛、万嘱咐，也唱出了远行人的悲壮、苍凉。唱到动情处，"两眼泪汪流"。西口，也叫"口外"，泛指陕西之西的宁夏、甘肃、青海、新疆等地。陕人的"走西口"，很像河北、山东人的"闯关东"，有些是为生计所迫，逃荒就食；有些是为远仇避祸，遁迁求安；更多的则是年轻人去闯世界，或学生意，或耍手艺，行商坐贾，垦荒耕植，吃粮从军，等等，都不乏其人。

　　年年"走西口"，年年"下口外"，虽然说真正成气候的并不很多，但天长日久，却形成了一种强劲的定向开拓性

杀虎口——走西口的第一站。

的民间传统，也可以称为民气。"下口外"是很苦的，成败常在未知之数，骨殖扔在黄沙田里，音信杳然者大有人在，所以很带冒险性。然而，陕人以为值，以为那才有出息。正是这种民气，哺育着一代又一代的后来者，使他们络驿于道，西出阳关，对西部的开发，边塞的稳定，民族文化的交流与融合，做出了贡献。连秦腔这种可以用元好问"风声习气，歌谣慷慨，且有秦汉之旧"的话来形容的戏曲，也跟着走西口的陕人，而成为唱彻西北五省的流行最广的剧种。

　　民间的成为风气的走西口，始于何时，我没有进行过认真的研究与考证，不敢妄断，但其发生，肯定可以溯源于汉唐以来的交通西域和丝绸之路的开拓。

丝绸之路的起点，是都城长安，在陕西；西汉出使西域，曾滞留胡中十又三载的张骞，是陕西城固人；东汉投笔从戎，立功西域的班超，则是陕西扶风人。他们应该算是早期衔朝廷之命而走西口的先驱者了吧？再早，秦人的西结戎狄，不知道有没有走西口的味道。大约也会沾点边。

杜甫有"一县葡萄熟，秋山苜蓿多"的诗句，这葡萄、苜蓿，都是由早期官家和民间的走西口的人们自西域带回，并首先在陕地，特别是关中种植的。所以边塞诗人李颀也有"空见葡萄入汉家"的名句。至于武则天非常喜欢的石榴，初名"安石榴"，"番石榴"，更是来自西域。而东土最早种植的地方则在骊苑，即关中骊山北麓那一带。那里至今仍是国内最大的石榴种植基地。

除了这些"进口"的东西，胡琴、琵琶、羌笛、竖箜篌等乐器的传人，也都与走西口分不开。如果把玄奘法师的西土取经，也包括进历史上广义的走西口，则这个向西进取的传统所包蕴的文化含义就显得更丰厚了。玄奘祖籍并非陕地，但他西行的出发点和归宿地却在长安，后来又在这里译经、开宗、说法、圆寂，度过了一个有限生命的尘世辉煌，留下了精神，获致了恒久。长安城南的兴教寺，至今香火不

河南灵宝县的函谷关

绝，游人如织。

东出函关，与走西口相对应。函关，即函谷关，西起潼关，东到灵宝的弘农涧。两侧山原耸峙，一道若函，易守难攻，号称"三百里函谷关"，是陕西人东出，中原人西进的要冲，自古乃兵家必争之地。周武王的吊民伐罪，东下灭毁；秦始皇的毕六王，一四海，都是从这里出去的。

在东出函关之前，无论是周人，还是秦人，都有一个自西而东的漫长的推进过程。以秦而言，自穆公以来，君臣上下都有一种非常自觉的东进意识。这种意识到孝公用卫鞅变法以后，因为奖励耕战，东向而击，而变得更加凌厉了。于是进取、尚实，在秦地成了一种民风、民气，真正做到了化民成俗。这才是秦得以有天下的根本所在。

李白对秦始皇的评价是"明断自天启，大略驾群才"，其"明断"和"大略"，就在于这位"千古一帝"发扬了秦人立国600年间所培育、积聚起来的以尚实、进取为根本的东进精神，发扬了秦地刚劲的民风民气。但统一六国之后，这位雄才大略的君王变了，暴虐乖戾，使民无度，再加上没有及时立嗣，自己暴死沙丘宫，而继位的胡亥又是既昏且暴，遂令山东乱起，宗庙丘墟。

然而秦虽覆亡，绝祀，但数百年间形成的民风民气，却作为一种蕴积深厚的地缘文化传统，被代复一代地保留下来。不仅汉唐的帝业，都是因为先据有陕地，站稳了脚跟，然后东向而击，建立起来的。就是我们共产党人领导的革命，又何尝不是因为在陕北经营了13年，有了铜墙铁壁的根据地，而后才迎来全国的胜利。谁能说共产党人的延安精神之中没有深厚的地域历史文化的承传和周秦故地民风民气的张扬呢。

像滔滔东向、永无止息的延河、渭水、汉江一样，源远流长的"走西口"和"出函关"的精神，也将长存，并被一代一代的陕人发扬光大，推展开去。

论"南风北渐"

又到了旧历的除夕。北京的爆竹声虽说因为禁放听不到了，但春风依旧会溥畅而至，会"送暖入屠苏"。没有什么力量能够留住将去的严冬，能够阻挡万物的复苏；"总把新桃换旧符"的习俗，已经不多见了，但人事代谢，除旧布新的铁则，仍然周而复始，运行不息。

一年里再也没有什么时候比除夕日更能唤起人们对未来的希望，更能激发人们进取的雄图和壮心，即使往日的旧梦被无情的现实击得粉碎，破灭了，人们还是会编织新的梦想，因为总要前行，总需进击，总不能沉沦。个人如此，国家、民族亦如此。

正是在这个除夕日，我忽然又想到了"南风北渐"这个论题来，这个论题包涵了我对近代中国历史上一点似乎和地缘方位有关的感悟。

如果把秦岭淮河一线作为中国地缘南北的分界，则古代的王朝更迭，江山易主，舆图换稿，即所谓"鼎革"，或

"鼎迁"，大体都有一个自北而南的推进过程。姑谓之曰："北风南渐"。秦以虎狼之师，东向而击，六国披靡，但据有三楚故地，而后"取百越之地"，把统治的版图前推到桂林、象郡，"百越之君，俯首系颈，委命下吏"，却是向南的。秦失其鹿，中原逐之，汉胜而楚败，也是自北而南的。三国鼎立，最强的是曹魏，后来司马氏统一天下，无论是先灭蜀汉，还是接着的"王濬楼船下益州，金陵王气黯然收"，其总体态势都是南向而击。此后的王朝更替中，隋的统一，唐的统一，宋的统一，元的统一，都无不有一个较为明显的由北向南的推进过程。朱明王朝的建立，最初固然是自南而北的，但在朱元璋身后，燕王朱棣从侄子建文帝手里夺得皇位，使朱家江山得以相传200余年，却是从幽燕故地一直打到南京的。清以异族而入主中原，更是一路从关外向南打的，"扬州十日"，"嘉定三屠"的惨剧，都发生在南进途中。

到了近代，情况发生了很大变化，许多重大的历史事件和变革潮流的发展，又往往会有一个自南而北的明显过程，好像恰恰在地缘方位上与古代反向。

首先，西方列强以其坚船利炮，扣开锁闭的大清帝国的大门，就是从南方的广州开始的。那是中国近代史的开端，起因固然是英国东印度公司大量输入的鸦片，为此还打了一

场大仗，并以清王朝的败北和签订丧权辱国的《南京条约》
而告终，但实际上却是先进的西方近代文明和落后的中国封
建文明的一次巨大的冲撞。此后，救亡图存的呼声，一浪高
过一浪；抵御外侮的运动，此伏彼起，绵延不断。中国人富
国强兵的梦想，不断地被击碎，又不断地编织。同时，也伴
随着所谓"西学东渐"，亦称"欧风东渐"的文化潮流。这
种文化潮流，哺育了几代领过风骚的大人物。

　　太平天国是近代中国黎明期的又一次真正意义上的农民
起义，但洪秀全们所创立的拜上帝会，却是模仿西方的基督
教的。义旗初举，是在广西的金田，从南向北一直打到天津
的杨柳青，清廷震惊。残酷地镇压了太平天国的曾国藩，在
范文澜的《中国近代史》里，被称为"刽子手"、"曾剃
头"，似乎早成定论。但在冯友兰晚年写定的《中国哲学
史》里，在把对立的双方作了对比、权衡之后，却认定曾国
藩代表了历史的进步趋势。至于唐浩明的《曾国藩》，论者
多以为写出了一个真实的历史人物。曾国藩是崇奉儒学、理
学的，却也受到西方文化的影响，否则怎么会成为"洋务运
动"的代表人物之一呢？

　　"戊戌维新"的代表人物，康、梁是广东人，谭嗣同是
湖南人。他们都属于较早觉醒的那些被毛泽东称为"向西方

寻求真理"的人。梁启超在介绍西方文化和西方学术思想上是有过大贡献的，而谭嗣同的思想则带有历史的超前性。如果从地缘政治的角度来看，说变法维新的思潮是自南而北推进的，大约不会太离谱。

中国民主革命的伟大先驱孙中山，是南国的巨星，而在他周围团结起来的那些在当时最有代表性的先进人物，如黄兴、宋教仁、章太炎，以及慷慨赴死的徐锡麟、"鉴湖女侠"秋瑾等，也多是南人。黄花岗起义发生在广州，而辛亥革命的决定性的武昌起义，在地缘方位上也只能划在南方。风是自南而北吹起的，潮流是从南向北推涌的。吹倒了，推翻了最后一个封建王朝。然而，政权却落到了巨奸袁世凯的手里，接着是北洋军阀走马灯似的变换大旗。较早的蔡松坡的"讨袁"，十多年后的大革命和北伐，也都是北向而击的。

中国共产党的诞生地上海和嘉兴南湖的烟雨楼头，在南国；国共合作办黄埔军校，办农民运动讲习所，是广州，在南国；南昌起义，秋收起义，井冈山会师，建立起一支独立的武装，也是在南国。"南国烽烟正十年，此头须向国门悬"。然后才有北上抗日，才有"天翻地覆慨而慷"，才有今天。

改革开放年代的第一个特区选在了深圳，那里是"春江水暖鸭先知"，很快影响了广东，辐射到全国，从而成为改革开放的最前沿。邓小平南方视察，再次拨正中国现代化建设的航船，那最早的信息，也是自南而北传递开去的。放开眼界看，整个市场经济的建立，都可以说是由南往北逐步推展开来的。而市场经济的建立，以及与此相应的制度的变革，新的文化的繁荣，正是未来中国希望之所在。

"律回岁晚冰霜少，春到人间草木知。便觉眼前生意满，东风吹水绿参差。"春天吹的虽是东风，但在华夏大地上她却是沉稳地、不可阻挡地自南而北行进的，自南而北站稳脚跟的。

东风过后就是南风。"夜来南风起，小麦覆垄黄"。南风向北吹，小麦也就渐次地自南方而北方地黄熟。南风又称蕙风、熏风，起于春末夏初，被认为是吉祥的风。相传舜曾弹五弦琴而唱《南风歌》，说是"南风之熏兮，可以解民之愠兮；南风之时兮，可以阜民之财兮"。解民之愠，则祥和；阜民之财，则国泰。这是我所至盼的，相信如我一样的国人也会认同。

南方地处炎方，春天先到那里；它又是改革开放的前沿，最得风气之先。于是，在这一刻，我写下上面的一些文字，既表达我的一点小小的感悟，同时也寄托我的一点微末的希望。

说"诗眼"

　　中国古代的诗话家论诗，是很讲究"眼"的，称为"诗眼"。有"眼"则活，无"眼"则死，因而评家重视，诗家更重视。

　　诗眼有两指：一指句中之眼，一指篇中之眼。说的是诗句、诗篇中最为传神，最为灵妙，最让鉴赏者赏心悦目、拊髀称奇之处，因而也往往是诗人用力最勤之处。

　　先看句中之眼。孟浩然的名句"微云淡河汉，疏雨滴梧桐"，是流传颇广的名句，其"淡"字和"滴"字，便是"眼"之所在。"淡"写视觉形象，"滴"状听觉体验，均极有味道，活现出微云将散未散之时，夜雨欲住未住之际的诗意境界。读者只要闭上眼睛，这个极富动感的优美画面，便会立时清晰地浮现出来。也还是孟浩然的名句，那"野旷天低树，江清月近人"中的"低"和"近"，那"气蒸云梦泽，波撼岳阳城"中的"蒸"和"撼"，均属句中之眼。从词性上看，这些眼之所在，多为动词，它们如果选择得当，便会提起整句诗的神采，使之空灵飞动，活灵活现起来；相反，如果选择不当，则会大煞风景，流于平庸，败人胃口。因此，历来诗家都十分留意于"做眼"，为了"吟安一个字"，不惜"拈断数茎须"。所谓"炼字""炼句""苦吟""推敲""日锻月炼"等，都与此有关。

唐朝的贾岛在"僧敲月下门"的诗句中，究竟用"敲"，还是用"推"，曾经费尽心思；宋朝王安石在"春风又绿江南岸"的"绿"字写定之前，最初用的是"到"字，后改为"过"字，又改为"入"字，又改为"满"字，凡五易其字，才满意了。这些都是"炼字""做眼"的好例证，历来不断被评家称引。

据当代博闻强记的大学者钱锺书说，也许是王安石得意于这个"绿"字的妙用，在《送和甫寄女子》诗里又说："除却春风沙际绿，一如送汝过江时。"不仅如此，钱先生还看出了王安石炼"绿"为"眼"之中的陈旧。他写道：

"绿"字这种用法在唐诗中早见而亦屡见：丘为《题农父庐舍》："东风何时至？已绿湖上山"；李白《侍从宜春苑赋柳色听新莺百啭歌》："东风已绿瀛洲草"；常建《闲斋卧雨行药至山馆稍次湖亭》："行药至石壁，东风变萌芽，主人山门绿，小隐湖中花"。于是发生了一连串的问题：王安石的反复修改是忘记了唐人的诗句而白费心力，还是明知道这些诗句而有心立异呢？他的选定"绿"字是跟唐人暗合，是最后想起唐人诗句而欣然沿用，还是自觉不能出奇制胜，而终于向唐人认输呢？

钱先生的话说得很俏皮，也很刻薄，这无论对于作为一代才人的大政治家、大文豪王安石，还是对于以博闻著称的洪迈，都是绝妙的讽刺。

再说篇中之眼。陆机《文赋》中有"立片言以居要，乃一篇之警策"的话，这"警策"，指的便是眼。在许多近体诗如律诗、绝句中，常常是那些有眼之句，同时就是篇眼之所在。先是句眼使句见精神；然后，这见精神之句又使全篇见精神。

还是以上面所举孟浩然的"气蒸云梦泽，波撼岳阳城"为例，这两句诗，因为"蒸"和"撼"用得好，既活画出洞庭湖上烟波空漾的浩渺境界，又传达出诗人临湖时震荡胸臆的强烈主观感受，千古以来为人称道。这两句诗出于五律《临洞庭上张丞相》。全诗是：

八月湖水平，涵虚混太清。

气蒸云梦泽，波撼岳阳城。

欲济无舟楫，端居耻圣明。

坐观垂钓者，徒有羡鱼情。

诗的前四句写得情景摇曳，气象开张，一种崇高的大自然美让人感奋，但后四句一碰到个人在出仕与归隐上的矛盾心境，格局立时变得局促起来，流露出怀才不遇而又不甘沉沦的酸楚相。完全不像李白"吾爱孟夫子，风流天下闻。红颜弃轩冕，白首卧松云"所形容的那么潇洒。然而，正因为后四句的力弱，才更衬托出第二联的力度；而第二联作为通篇之眼，又提携全诗，使之增色、升华，从而成为名篇。

诗眼之"眼"，是一种借喻，并由借喻而成为论诗的专门用语。像眼睛是人的心灵的窗户一样，诗眼也是一句诗、一首诗所达到的审美境界的窗户，从中可以窥见诗人的才华。诗眼，在诗人，往往是他得意之笔；在读者，则又是最提精神之处。因此，眼之所在最容易被读者记住，且传诵不绝。人们可能早已忘记了刘禹锡《酬乐天扬州初逢席上见赠》的诗题和这首诗的其他诗句，但却很难忘记"沉舟侧畔千帆过，病树前头万木春"的名句。此外如"朱门酒肉臭，路有冻死骨"之于杜甫的《自京赴奉先县咏怀五百字》，"山雨欲来风满楼"之于许浑的《咸阳城西楼晚眺》；"人生自古谁无死，留取丹心照汗青"之于文天祥的《过零丁洋》；"横眉冷对千夫指，俯首甘为孺子牛"之于鲁迅的《自嘲》，等等，莫不如此。

诗有了眼，就成了上品、精品，就有可能流传下去。唐朝的王之涣，《全唐诗》总共才收了他六首诗，竟有《登鹳雀楼》的"欲穷千里目，更上一层楼"和《凉州词》的"春风不度玉门关"等名句传诵不歇；而乾隆皇帝一生写诗四万余首，却没有一句被人记住，全是无眼的盲诗。可见，不是所有写诗的人都能写出有眼之篇或有眼之句的。

当然，也不是所有读诗的人都能够准确、敏锐地一下子抓住一首好诗的诗眼的，这就要看他的鉴赏水平和鉴赏眼光了。这种水平和眼光，也被人称为"诗眼"，范成大《次韵乐先生除夜三绝》中说的"道眼已空诗眼在"，即指此。正像音乐只有对"音乐的耳朵"才有意义一样，诗眼只有对于"诗的眼睛"才展示出全部的魅力。

"味"的美学

不同的艺术作品，有不同的味。有的藏，有的露；有的外枯中膏，有的神寓言外。碰到佳作，人们常会赞叹："有味儿！"读了蹩脚的作品，则会兴味索然。风骨遒劲的书法，我们说它有金石味儿；艳丽纤秾的诗歌，我们说它有脂粉味儿；老舍的小说，有京味儿；关山月的绘画，有岭南味儿……可见，在艺术鉴赏中辨味是很重要的。司空图说，"辨于味，而后可以言诗也。"强调的正是这一点。

读者重味，作家亦然。读过《红楼梦》的人，肯定都会记得那首"满纸荒唐言，一把辛酸泪。都云作者痴，谁解其中味"的诗。曹雪芹的半生潦倒，良苦用心，尽在其中。所以，脂砚斋主说"此是第一首标题诗"。然而，从接受美学或鉴赏美学的角度来看，最关键的却是全诗末尾的那个"味"字。曹雪芹所说的"解味"，其实就是司空图所说的"辨味"。如果把整部《红楼梦》看作一种象征或隐喻，那么这个味，就是它的题旨，就是作者最终的寄托。而作者用

《红楼梦》家宴图

来和读者交流，希望读者理解并因而成为他的知音的，也正是这个味。曹雪芹"茅椽蓬牖，瓦灶绳床"，于悼红轩中呕心沥血，披阅十载，增删五次，是为了让作品有味；反过来说，读者的阅读，则又是为了品味、辨味、解味。这些年，一些年轻的理论家和批评家多喜欢用"解读"的概念，依我看，其所解所读之指归，在很大程度上亦在于解出和读出作品的味来。

能够读出味来，并且能与作者的苦心相契合，进而产生思想上和情感上强烈共鸣的读者，谓之知音。"知音其难哉？音实难知，知实难逢。逢其知音，千载其一乎？"这是刘勰的慨叹。"千载其一"也许夸张了一些，但知音的难逢，怕也是事实。否则，杜甫就不会说"百年歌自苦，未见有知音"，岳飞就不会抱怨"知音少，弦断有谁听"了。

然而，和曹雪芹同时的脂砚斋主，无论如何要算《红楼梦》及其作者的头号知音了。他与曹雪芹相交颇深，知道雪芹怎样地备尝人生的艰辛，知道《红楼梦》的"味"之所在。有人悬猜这位脂砚斋主可能是女性，果真如此，那又该是雪芹的"红颜知音"了。脂评往往能与作品正文相互发明，或指点迷津，或微启玄机，成为历来红学家和较高层次的鉴赏者理解曹雪芹题旨的重要参考。《红楼梦》的楔子，真真假假，欲露还藏，写得峰回路转，云遮雾障。粗心的读者，很可能被作者的连篇"鬼话"搞得晕头转向。于是脂批说："若云雪芹披阅增删，然后开卷至此，这一篇楔子又系谁撰？足见作者之笔，狡猾之甚。后文如此处者不少。"这正是作者用"画家烟云模糊处，读者万不可被作者瞒弊（蔽）了去，方是巨眼"，轻轻挑开帷幕的一角，读者便会有一种茅塞顿开的惊奇和妙悟，感到意味深永。

至于"谁解其中味"的含义，脂批是这样说的："能解者，方有辛酸之泪，哭成此书，壬午除夕，书未成，芹为泪尽而逝。余尝哭芹，泪亦待尽。"这是一段很有名的批语。学者们不仅以此论定曹雪芹的卒年，分析芹脂二人的关系，而且拿来作为证明后四十回续书真伪的重要论据。但我却更看重这段批语中点出的"味"和"泪"的关系。《红楼梦》之"言"，虽貌似"荒唐"，却载负了作者半生坎廪所蓄积的泪水和那一腔说不明、道不清的辛酸。泪是真的，情是真的，真到近痴，痴到用整个生命去铸造一块审美的丰碑。因为有了辛酸之泪，有了泪光中掩映的真情，《红楼梦》才分外有味儿。这味儿，既是人生的，也是审美的。

在中国古代美学中，味是一个重要的范畴。它本是指产生在舌头上的感觉，靠了这种感觉，人们辨别着各种食物的品类，分出酸甜苦辣咸味来，并且获得进食的快感。美食之美，就在于这种快感的满足。在人类的眼耳鼻舌身诸感官中，嗅觉和味觉是相近的、相邻的，进食时舌头和鼻子总要相互配合。舌头上的感觉是滋味，鼻子的感觉是气味。例如喝牛奶，光有舌头上的甜味是不够的，还得同时有一缕悠悠的奶香扑进鼻腔中去加以配合，才能组成完整的奶味。但在这里，舌头上的味觉却始终是主导的。

由于味觉是人类觉醒得最早的感官，中国人的美意识，也便从这里跨上了它无限升华和拓展的第一个台阶。先是有了美食、美味，然后才有美色、美声。以五官为基础，顺序是五味——五色——五音等等，最后进入更高一级的精神领域，有了美善合一、美真合一、真善美合一的美意识。

《吕氏春秋》里的《本味》篇，恐怕要算中国历史上最早的一篇有关饮食美学的完整论文了。其中记载了伊尹说汤的故事。一席洋洋洒洒的宏论，正是从与口腹有关的"至味"这个概念发挥开去的。按高诱的解释，"至味"就是"美味"。这位伊尹先生，不仅能一口气罗列诸如猩唇、獾炙、燕翠、象约、凤丸、昆仑之苹、寿木之华等数十种山珍海味，更重要的是还善于观察"九沸九变"的水色，善于掌握"时疾时徐"的火候。至于酸甜苦辛咸的五味调料，哪个先放，哪个后放，各放多少，怎样搭配，其间细微的差别与分合，他更是了如指掌。听他的口风，决不像纸上谈兵的角色。由于身怀绝技，所以能够达到很高的境界，使得出手的肴馔"久而不弊，熟而不烂，甘而不哝，酸而不酷，咸而不减，辛而不烈，淡而不薄，肥而不腻"。

伊尹是辅佐成汤治理天下的一代名臣，这是稍有历史常识的人都知道的。然而，从他"说汤以至味"的宏论中，却随处可见非亲历者不能道的真知灼见。我敢说，他绝对是那个时代第一流的烹饪艺术大师。当他说"鼎中之变，精妙微纤，口弗能言，志不能喻，若射御之微，阴阳之化，四时之数"时，则又把自己在实际操作中获得的绝技，提升到了美食哲学的高度。而在这个高度上，美食之道与阴阳、四时变化运转之道，就是一而二、二而一的东西了。难怪他能从陪嫁的厨师，一跃而为位极人臣的相国。谁能说他治国平天下的才干，不正是从他调和五味的绝活中参悟出来的呢？在伊尹那里，美食和美政，只有形态的不同，没有本质的差异。因此，我猜想，老子"治大国如烹小鲜"的政治哲学，说不定正是从他那里得到启示的。

味的概念一旦被哲学化，就使它能够渐渐地离开舌头上的感觉，而向更广阔的精神领域和审美领域拓展，从而越来越包含更丰富的意蕴。《论语》上说，孔子在齐国听到了《韶》乐，"三月不知肉味"，叹道："不图为乐之至于斯也！"这是用口腹之欲获得满足时的肉味，比照精神上获得满足时的韵味而言的，并且认为后者属于更高的层次，入人之深，竟达三月之久。后世形容一部作品意味深长，常用"隽永"这个词。"隽"是一种腊肉，越嚼越香，味厚而长。与孔夫子的"三月不知肉味"相比，隽永之"永"，只是不那么具体罢了。不过，我想，批评家和鉴赏家使用这个词时，多半和腊肉及舌头对它的感觉不大相干。孟轲说："口之于味，有同嗜焉"，倒是和舌头上的感觉有着更直接的关系。但从上下文看，却是想用味觉的共同性，论证人性的共同性。

作为审美范畴的"味"，在中国美学史上越到后来越重要了。南朝钟嵘提出过著名的"滋味"说，这是他批评理论的核心。他的《诗品》，就是要"品"出不同作家作品的滋味，并根据这滋味的高低深浅，定出不同的等级。唐代的司空图也写了《诗品》，也重视"味"，他不仅主张"辨味"，而且更为推重"韵外之致"、"味外之旨"，这就比钟嵘又前进了一步，使"味"的范畴有了更深邃的审美内涵，也更显空灵。宋代的欧阳修和苏轼，也都很讲究"味"。欧阳修曾拿橄榄来比梅圣俞的诗，说是嚼得愈久，愈见"真味"。苏轼的诗，禅意颇浓，说是"欲令诗语妙，无厌空且静，咸酸杂众好，中有至味永"。当然，与伊尹比，苏轼的"至味"已纯粹是一种比喻了。清代桐城派古文"三祖"之一的姚鼐，把"神理气味，格律声调"作为衡量散文艺术性高低的根本尺度。这里的"味"，更是包含了情调、韵致等多重意思。从以上这些挂一漏万的历史钩沉中不难看出，无论是创作，还是鉴赏，都有一个辨味、解味的问题。

尽管每个人都在吃饭，都长着舌头，舌头又都有味觉，但从舌头的辨味，到曹雪芹所期望的"解味"，中国人却走过了漫长而又艰难的美的历程。曹雪芹"泪尽而逝"的泪，脂砚斋"哭芹，泪亦待尽"之泪，黛玉"还泪"之泪，如果用舌头去尝，我想肯定都会一样是苦涩的咸味。然而，要解出整部《红楼梦》的"真味"或"至味"，达到与作者心灵的契合，单靠舌头，怕还是远远不够的。

本色文丛·散文随笔

（柳鸣九主编　海天出版社出版）

《往事新编》许渊冲／著

《信步闲庭》叶廷芳／著

《岁月几缕丝》刘再复／著

《子在川上》柳鸣九／著

《榆斋弦音》张玲 / 著

《飞光暗度》高莽 / 著

《奇异的音乐》屠岸 / 著

《长河流月去无声》蓝英年 / 著

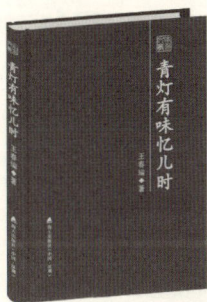

《青灯有味忆儿时》王春瑜／著

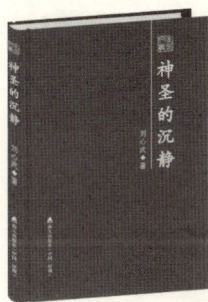

《神圣的沉静》刘心武／著

《纸上风雅》李国文／著

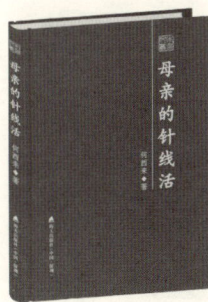

《母亲的针线活》何西来／著

《坐看云起时》邵燕祥 / 著

《花之语》肖复兴 / 著

《花朝月夕》谢冕 / 著

《无用是本心》潘向黎 / 著

本色文丛

　　本色文丛是我社策划的系列图书，持续组稿编辑出版。丛书力图给喜欢品味散文随笔、全民阅读与图书文化、名人日记与学术札记、海外文化的人士，提供良书与逸品。

本色文丛·散文随笔（柳鸣九主编）

《往事新编》	许渊冲著	29.00元
《信步闲庭》	叶廷芳著	29.00元
《岁月几缕丝》	刘再复著	29.00元
《子在川上》	柳鸣九著	29.00元
《榆斋弦音》	张　玲著	29.00元
《飞光暗度》	高　莽著	29.00元
《奇异的音乐》	屠　岸著	29.00元
《长河流月去无声》	蓝英年著	29.00元

《青灯有味忆儿时》　　王春瑜著　　28.00元

《神圣的沉静》　　　　刘心武著　　30.00元

《纸上风雅》　　　　　李国文著　　30.00元

《母亲的针线活》　　　何西来著　　28.00元

《坐看云起时》　　　　邵燕祥著　　28.00元

《花之语》　　　　　　肖复兴著　　30.00元

《花朝月夕》　　　　　谢　冕著　　28.00元

《无用是本心》　　　　潘向黎著　　28.00元

本色文丛·日记（于晓明主编）

《读博日记》　　　　　张洪兴著　　31.00元

《问学日记》　　　　　王先霈著　　26.00元

《文坛风云录》　　　　胡世宗著　　29.00元

《原本是书生》　　　　于晓明著　　32.00元

《紫骝斋日记》　　　　马　斯著　　31.00元

《梦里潮音》　　　　　鲁枢元著　　31.00元

《行旅纪闻》　　　　　凌鼎年著　　即将出版